# LA FAUSSE

# INCONSTANCE,

*O U*

# LE TRIOMPHE

# DE L'HONNÈTETÉ.

# LA FAUSSE
# INCONSTANCE,

## OU

# LE TRIOMPHE
# DE L'HONNÈTETÉ.

Pièce en cinq Actes, en prose.

Par M<sup>me</sup> LA COMTESSE DE BEAUHARNOIS.

## A PARIS,

A l'IMPRIMERIE POLITYPE.
Et chez LESCLAPART, Libraire de MONSIEUR,
rue du Roule.

*On trouve aussi chez ce dernier les* Amans
d'autrefois, *du même Auteur, trois volumes*
in-12.

## M. DCC. LXXXVII.

# AVERTISSEMENT.

JE dois à l'intérêt glorieux que m'ont témoigné des perfonnes diftinguées par leurs talens comme par leur mérite en tout genre ; & je me dois à moi-même l'expofé auffi fimple qu'exact de ce qui concerne *la Fauffe Inconftance*. C'eft au Public jufte, honnête, éclairé que je la foumets ; c'eft à lui feul que je parle : je n'ai rien à dire aux gens qui m'ont condamnée fans m'entendre.

Il y a environ dix ans que je compofai en profe, quoique je fuffe en fociété avec plufieurs hommes qui font des vers charmans, cette *Fauffe Inconftance*, qu'on m'a dit n'être point tombée, mais avoir été interrompue. Ceux qui en entendirent la lecture, me promirent le fecret & m'accordèrent leur indulgence. Leurs lumières m'étoient connues : leurs éloges

*a iij*

m'infpirèrent une confiance que , fans eux , je n'aurois point eue dans mon ouvrage. Par égard pour leur opinion , je confentis même qu'on le lut , fous l'anonime , aux Comédiens. L'ouvrage fut reçu unanimement & infcrit fur le tableau qui exiftoit alors au foyer de la falle des Thuilleries. Cependant , Mademoifelle d'Oligny qui devoit y jouer , favoit qu'il étoit de moi. Un an avant la retraite de cette charmante Actrice , que n'oublie-ront jamais , que regretteront toujours les ames fenfibles , Mademoifelle d'Oligny , dis-je , témoin que j'avois déjà deux fois laiffé paffer le tour de mon ouvrage , me fit prier de le donner pendant qu'elle étoit encore au théâtre. Elle aimoit le rôle de la jeune Penfionnaire , qu'elle auroit em-belli par fa naïveté touchante , fa décence aimable & ce fon de voix enchanteur que je n'ai connu qu'à elle. Je fentois combien le charme de fon jeu en prêteroit à mon rôle : j'étois sûre qu'elle en feroit difparoître les défauts ou les feroit pardonner, & néanmoins je ne me déterminai qu'en tremblant à courir les rifques d'une carrière auffi orageufe : mais les nouveaux Réglemens de ce théâtre condamnoient ma pièce à l'épreuve d'une feconde lecture. Les Comédiens la reçurent encore, & M. Préville fe chargea du rôle de père. Je laiffe à juger s'il auroit trouvé moyen de le faire valoir. On fait quelle étoit la magie de ce Comédien inimitable. Tout me fecondoit alors. Le rôle de Madame de Florval auroit été parfaitement rempli par Madame Préville, dont le maintien noble, le bon ton théâtral & l'élégance fans manières font plus aifés à fuppléer qu'à remplacer. En un mot, ma Comédie alloit leur devoir prefque tout fon mérite, & déjà on commençoit à la répéter , quand la circonftance de ma vie la plus cruelle , la maladie d'un père adoré interrompit tout. Aucune autre penfée que fon état, aucun autre défir que fon rétabliffement n'approcha plus de mon cœur. Quatre ans fe font écoulés depuis que j'ai eu le malheur de le perdre , & pendant ce temps , je ne me fuis fouvenue de ma pièce que pour laiffer paffer plus d'une fois fon tour.

Vers la fin de l'année dernière , avertie encore par la Comédie , que le tour de ma pièce revenoit, & que le fecret n'étoit plus guères poffible , je tentai l'événement & diftribuai mes rôles, comme on l'a vu , & non pas tout-à-fait comme je l'aurois defiré. Naturellement le rôle de Madame de Florval, qui devoit être joué par Madame Préville , appartenoit à l'Actrice à la mode ; mais on me prévint que celle-ci ne vouloit repréfenter que des femmes triomphantes. Affurément on étoit dans l'erreur , puifque , le jour même de ma prétendue repréfentation , elle s'eft , par hafard , trouvée prête à jouer , avec une générofité impromptue vraiment digne d'elle , le rôle d'une femme humiliée , celui de la Baronne dans *Nanine*. Je conviens que la pièce eft de Voltaire , qu'elle eft écrite en vers très-beaux , & que du fervice des immortels defcendre au mien , étoit fe compromettre exceffivement.

Quoi qu'il en foit , Mademoifelle de Vienne avoit affez bien joué aux répétitions , & auroit mérité les mêmes applaudiffemens à la repréfentation , fi la cabale l'avoit laiffé dire. J'ai fu , & j'aimerai toujours à en garder le fouvenir , que le zèle & les talens , fi juftement chers au Public , de Mefdames Bellecour & Suin , de Meffieurs Saint-Fal & Fleuri , l'ont

quelquefois emporté fur le tumulte inouï
de ce jour ; mais des bruits de clefs, un
tintamarre continuel , un foulèvement
fans exemple, ont, à tout moment, dé-
rangé le jeu des Acteurs , totalement
couvert leurs voix , & transformé en
cohue malhonnête une affemblée qui devroit être impofante. Je refpecte plufieurs
de ceux qui la compofoient. S'ils avoient
pu juger mon ouvrage & s'ils l'avoient
profcrit, je foufcrirois en filence à l'arrêt
qu'ils auroient prononcé contre lui ; j'aurois moins de regret d'avoir fubi leur im-
probation que de l'avoir méritée. Je m'y
étois expofée avec infiniment plus de
crainte que d'efpoir ; & je m'y ferois
réfignée fans appel ; mais ma pièce n'a
point fouffert de chûte , parce qu'elle
n'a pas été véritablement repréfentée,
parce qu'aucun des affiftans ne la connoît,
parce qu'une cabale furieufe n'a point

permis qu'on l'écoutât, & qu'enfin l'Acteur, dont le devoir étoit de ne point
abandonner le rôle que je lui avois confié,
a manqué par son départ inexplicable au
Public, à l'Auteur, à l'art Dramatique,
à son propre état ; &, conséquemment, a
fort mal justifié le choix qu'on avoit fait
de lui & de sa fille. ( *a* )

Quelles que soient les causes de ce que
j'ai éprouvé, je ne daigne faire, à ce
sujet, aucune des recherches qui m'éclai-
reroient entièrement : elles ne serviroient
qu'à confirmer ma pitié réelle pour les
auteurs d'une manœuvre si basse & si hon-
teuse : oui, ma pitié. Loin de moi tout

---

( *a* ) Il est étonnant que cet Acteur, au lieu de faire
au Public une révérence que personne ne lui demandoit,
puisqu'au contraire toutes les voix s'étoient élevées pour
qu'il continuât, n'ait pas dit que sa fille se trouvoit mal,
comme cela étoit vrai.

autre fentiment ; je veux bien même les
avertir que, malgré tout leur efprit, car
je me doute qu'ils en ont terriblement ;
rien n'étoit plus mal ordonné que leur
expédition tumultueufe, qu'elle a été
trop vive, trop annoncée, qu'il falloit
en moins hâter les effets, en mieux con-
tenir les nobles inftrumens, les modérer
à quelque prix que ce fut, leur apprendre
le bel art des gradations, & leur recom-
mander de l'obferver fi bien, fi pofément,
avec tant de mefure, qu'en goûtant la
douceur d'immoler, on parut rendre juftice. Mais les coups de haine mal dirigés,
retombent feulement fur qui les porte,
& n'atteignent jamais ceux à qui ils
s'adreffent. On m'a rendue fière : on m'auroit impofé l'obligation d'être de plus en
plus modefte fi l'on m'avoit accordé de
l'indulgence ; j'aurois moi-même approuvé
une rigueur équitable, tout au moins je

l'aurois dû. Qu'ont produit d'indécentes clameurs, la mutinerie au comble, la malveillance déchaînée ? Ont - elles pu m'abbattre ? Au contraire, plus affermie, plus encouragée que jamais par les fuffrages de plufieurs hommes de Lettres, que j'apprécie, je vois de toute la hauteur d'une ame qu'a foulevée l'injuftice, les petites menées dont j'ai été l'objet : fans effort comme fans amertume, je les dédaigne : c'eft avec orgueil que je me réfugie dans le fanctuaire de l'Amitié. C'eft-là fur-tout que je fuis impénétrable aux cris perdus de l'animofité. Heureufe fi le Public, que je ne confond point avec un attroupement impoli, m'honore de fa bienveillance ! elle fera ma gloire, & je ferai trop vengée.

## PERSONNAGES.

LE VICOMTE D'ARBELLE.

LA BARONNE DE VERNANGE , *fœur du Vicomte & logeant chez lui.*

AMÉLIE , *fille de M. d'Arbelle , crue Mademoiſelle de Terville , & logeant chez M. d'Arbelle.*

Madame DE FLORVAL.

LE MARQUIS D'ELFORT.

LE CHEVALIER D'ORSAI.

LAURETTE , *l'une des femmes de Madame de Florval.*

DUBOIS , *Valet - de - chambre du Chevalier d'Orſai.*

*La Scène eſt à Paris dans la maiſon du Vicomte d'Arbelle.*

LA

# LA
# FAUSSE INCONSTANCE,
### o u
## LE TRIOMPHE DE L'HONNÊTETÉ.

# ACTE PREMIER.

*Le théâtre repréfente l'appartement de Madame de Florval.*

## SCÈNE PREMIÈRE.

### LAURETTE, DUBOIS.

#### DUBOIS.

Tu as bien de l'humeur !

#### LAURETTE.

J'ai de bonnes raifons pour cela.

A .

DUBOIS.

Et moi ?

LAURETTE.

Toi ! tu n'es pas tourmenté comme je le fuis ; ma maîtreſſe devient plus inſupportable que jamais.

DUBOIS.

Tes peines ſont proportionnées à ta foibleſſe ; les miennes ſont d'une nature ſupérieure. Va, mes déplaiſirs ſont bien profonds, moi : j'ai un maître qui ne me parle que de lui ; ſes billets doux me font galoper pour rien ; nous ſuivons la Cour, qui ne nous connoît pas : perſonne ne croit à nos bonnes fortunes ; bien des gens nous évitent, nos créanciers nous pourſuivent, & nous nous admirons.

LAURETTE.

Moi, j'ai une maîtreſſe que je n'admire guères : je ne m'accoutume point à des projets qui n'ont pas le ſens commun, à des prétentions qui ne l'ont pas d'avantage, à un jargon précieux qui m'ennuie ; je ne puis ſouffrir une femme frivole, vaine, envieuſe, tracaſſière, qui ſe mêle de tout, qui joue le ſentiment, qui parle raiſon ſans en avoir, qui fait à la fois des dupes, des

étourderies, des noirceurs, des affaires, de petites chansons & de grandes sottises.

### DUBOIS.

Quoiqu'il en soit, j'ai bien des nouvelles à
te dire.

### LAURETTE.

Bon ! dépêche : la curiosité est ma passion
dominante.

### DUBOIS.

Apprends que le Chevalier d'Orsai est détaché
de ta maîtresse, de Madame de Florval, n'importe ; il va venir, apparemment pour se justi-
fier de ce qu'il a passé trois jours sans la voir :
il a de l'humanité mon maître ; il veut rompre ;
mais il sait filer une rupture, & je crains fort que
celle-ci ne nous donne bien de la peine.

### LAURETTE.

Oh! pas tant que tu te l'imagines.

### DUBOIS.

J'en parle savamment ; on a quelquefois des
épanchemens de cœur avec moi : tiens, par
exemple, mon maître me l'a dit vingt fois ; il
a beau louer devant elle le Marquis d'Elfort afin
qu'elle y fasse une attention plus particulière ;

néant, elle ne veut rien entendre ; il ne pourra jamais l'amener à son but.

LAURETTE, ( *gaiement.* )

Qu'est-ce que tu dis donc ? Elle se persuade au contraire que M. d'Orsai est inquiet de tous ceux qui viennent chez elle : est-ce qu'elle n'attribue pas son absence à la jalousie de quelques honnêtetés un peu fortes qu'elle a faites au Marquis ?

DUBOIS.

Quand je te dis que ce sera le diable pour se débarrasser de cette femme-là.

LAURETTE, ( *en riant.* )

Je ris. Elle se croit adorée ; le Chevalier est sûr, lui, qu'on l'idolâtre. Tous les deux sont ennuyés l'un de l'autre, tous les deux se donnent le change : voilà ce qui m'en plaît. Leur confiance est une chose rare.

DUBOIS.

Quoi sérieusement : mon maître n'est pas aimé à la folie ! allons donc : quel conte me fais-tu là ? Eh bien ! qui aimeroit-elle ? Voyons : qui ? feroit-ce le Marquis d'Elfort ?

LAURETTE.

Aimer ! nous en sommes bien revenues : mais elle est veuve ; il est riche & jeune ; un tel parti flatte fon orgueil ; & elle met en ufage, pour l'amener à lui offrir fa main, tout l'art d'une affez longue expérience : ce n'eft même que pour l'enflammer plus, qu'elle ménage encore le Chevalier.

### DUBOIS.

D'honneur, je ne reviens pas de ce que tu me dis : mais fuppofé que cela foit vrai, crois-tu en confcience qu'elle réuffiffe à décider le Comte.

### LAURETTE.

Ma foi j'en ai peur : ce feroit dommage, pourtant, car il m'a toujours intéreffée : eh ! que fais-je ? au fond de fon ame, peut-être.....Enfin, je n'ai pas oublié, moi, qu'il avoit une paffion pour une certaine demoifelle qui, fans doute, eft charmante : lui-même ne peut s'empêcher d'en faire l'éloge.

### DUBOIS.

Oui-dà : comment donc ?

### LAURETTE.

Suffit, je lui fais gré du moins de n'avoir jamais voulu dire fon nom : il a eu bien de la peine à lui mander qu'il renonçoit à elle.....; pour le déterminer à cela, combien il a fallu de manége !

DUBOIS.

Ce que c'eft que l'afcendant d'une femme
artificieufe ! pauvres hommes !

LAURETTE.

Encore, fi elle n'employoit que l'adreffe ;
mais elle devient très-méchante, & ce n'eft pas-
là mon compte. A mefure que fes prétendus
charmes diminuent, fa coquetterie & fon humeur augmentent ; & dès que fon amour-propre
ou fon intérêt lui femble compromis, il n'y a
rien, non rien qu'elle ne fe permette. Cependant, à l'entendre, elle a toutes les vertus. Ce
qui me défefpère, c'eft que le Marquis a la
complaifance d'y croire.

DUBOIS.

Parbleu ! c'eft que le Chevalier lui a fait fa
leçon ! c'eft lui qui a contribué à rendre le
Marquis amoureux. Il eft habile, mon Maitre,
prefqu'autant que ta Maitreffe.

LAURETTE.

Comme ces deux perfonages-là fe conve-
noient ! Mais, moi, rien ne me convient ici,
& je n'y refterois pas fi je pouvois entrer au
fervice de la jeune penfionnaire nouvellement
arrivée du Couvent, dont le Vicomte d'Arbelle,

dont cet homme refpectable, chez qui nous lo-
geons, paffe pour le Mentor : elle eft fi bonne
& fi jolie ! Je ferois trop heureufe de la fervir.

DUBOIS.

N'eft-ce pas fon Amélie, Mademoifelle de
Therville ?

LAURETTE.

Précifément.

DUBOIS.

Eh bien! m'y voilà. Mademoifelle de Therville,
dis-tu, mon Maître a des projets fur elle ?

LAURETTE.

Comment ! il ne la connoît point.

DUBOIS.

N'importe, il fait qu'elle eft fille de qualité,
charmante, très-riche ; il compte lui être pré-
fenté, lui plaire, & l'époufer.

LAURETTE.

Lui plaire, & l'époufer ; fort bien, M. Dubois ! mais tout cela n'arrivera point. d'Orfai
ne plaira jamais à une fille intéreffante ; il m'a
déplu, à moi.

DUBOIS.

Par hafard, eft-ce qu'il t'en conte ?

A 4

## LAURETTE.

Je te dirai cela un autre fois. Mademoiselle
de Therville m'occupe; depuis qu'elle est dans
cette maison, le Vicomte d'Arbelle, son Tuteur,
paroît moins affligé.

## DUBOIS.

Écoute-donc! L'arrivée d'une jolie personne
est bien faite pour distraire; mais quel chagrin
peut avoir un si honnête homme?

## LAURETTE.

Tu ne sais donc pas que M. d'Arbelle a une
fille unique qui ne veut point sortir du Couvent,
elle y a été élevée; elle demande à y prendre
le voile. Chut! j'entends quelqu'un.

## SCÈNE II.

Mme DE FLORVAL, LAURETTE, DUBOIS.

### Madame DE FLORVAL,

(s'adressant à Laurette, & ne voyant point Dubois.)

APPROCHEZ-MOI un fauteuil; j'aurois besoin
de repos : je suis fatiguée, malade, anéantie.
Te voilà Dubois.

#### DUBOIS.

Je trouve à Madame le meilleur vifage du monde.

#### Madame DE FLORVAL.

Voilà ce qui eft inconcevable! une autre à ma place ne tiendroit pas à la vie active que je mène. Eft-ce le Chevalier qui t'envoie.

#### DUBOIS.

Je fuis venu feulement faire ma cour à Mademoifelle Laurette, & nous parlions des perfections de Madame.

#### Madame DE FLORVAL,
( *d'un air gracieux.* )

Comment fe porte ton Maître?

#### DUBOIS.

Madame je vous affure qu'il m'inquiète : il ne ma point chargé de vous le dire ; il diffimule avec moi ; car il eft fort difcret : mais moi.... je vois d'un clin d'œil.... dès que je le regarde, je m'apperçois.... on ne m'en impofe pas facilement.... Madame, je vous réponds qu'il n'eft pas bien. ( *bas.* ) Il n'en eft pas un mot ; mais puifqu'il la trompe je puis, bien la tromper auffi.

Madame DE FORVAL ( *à Dubois.* )

Voilà qui eft affreux. ( *à Laurette.* ) Mon boudoir eft-il fini.

### LAURETTE.

Dans deux jours tout fera prêt, ( *à part.* ) & rien ne fera payé.

### Madame DE FLORVAL.

Il fera du bruit. ( *à Dubois.* ) Apprends-moi donc ce qu'a le Chevalier ; il m'inquiète.

### DUBOIS.

C'eft le chagrin de n'avoir point vu Madame.

### Madame DE FLORVAL.

Je lui défends d'en avoir ; & même je lui écrirois quelques mots, fi je n'étois abatue exceffivement.

### LAURETTE.

C'eft la fenfibilité qui vous tue.

### Madame DE FLORVAL.

ÈH ! vraiment oui. ( *à Dubois.* ) Dis-lui qu'il fe ménage.

### DUBOIS.

Je vais l'y exhorter.

( *Il fort : Laurette & lui fe font des fignes d'intelligence.* )

## SCÈNE III.

Madame DE FLORVAL, LAURETTE.

#### Madame DE FLORVAL.

CE pauvre Chevalier ! il meurt d'amour, & j'en suis désolée. Donnez-moi mon écritoire.

#### LAURETTE.

Madame oublie donc qu'elle n'a pas la force d'écrire ?

#### Madame DE FLORVAL.

Ne faut-il pas toujours que je me sacrifie ?

( *Laurette approche une table sur laquelle est une écritoire.* )

Par où commencerai-je ? Il me faut raccommoder deux personnes, qui ne sont pas faites pour être amies ; ménager un homme en place ; féliciter, d'avance, celui qui doit le supplanter ; concilier tout le monde ; répondre à quelques déclarations ; arranger un proverbe ; être utile ; enfin, je ne sais auquel entendre.

( *Après un moment de silence, à Laurette.* )

Mon habit à la Turque.

LAURETTE.

On le rapportera demain. La tête en tour-
nera à Monfieur Delfort. Madame aura l'air, tout
au plus, d'avoir quinze ans.

Madame DE FLORVAL.

Quelquefois vous avez des idées juftes. Le Marquis eft-il venu ?

LAURETTE.

Tout-à-l'heure encore, & on lui a dit que vous
n'étiez pas vifible.

Madame DE FLORVAL, ( *à part.* )

Il en aura plus d'empreffement pour me revoir.

LAURETTE.

Il étoit trifte.

Madame DE FLORVAL.

Bon !

LAURETTE.

Quand je lui ai porté votre lettre, je l'ai
trouvé qui contemploit un portrait.

Madame DE FLORVAL.

Comment ?

**LAURETTE.**

Une petite miniature.

**Madame DE FLORVAL.**

Seroit-ce ?.... Avez-vous pu diftinguer ?

**LAURETTE.**

Dès qu'il m'a vue, il la renfermé.

**Madame DE FLORVAL.**

C'eft le mien, fans doute! il aura gagné un peintre.... Je veux ce portrait, arrangez-vous pour que je l'aie, il faut qu'il l'ignore ; ne perdez pas un moment. Ses gens doivent être à mes ordres.

**LAURETTE.**

Et aux miens : je réponds de l'entreprife.

**Madame DE FLORVAL.**

Il le regarde! ce ne peut être que moi. Savez-vous s'il a monté chez le Vicomte.

**LAURETTE.**

C'étoit fon projet : mais M. le Vicomte étoit forti, & M. Delfort a paru en être bien fâché.

Madame DE FLORVAL, (*après une pause.*)

Il me tarde de quitter cette maison ; le caractère de M. d'Arbelle ne me convient point
du tout.

LAURETTE, ( *à demi-voix.* )

Il est si vertueux !

Madame de FLORVAL.

Hem ! dites , austère jusqu'au pédantisme ;
tenant à de vieux préjugés , qu'il appelle des
principes ; se fâchant , comme un enfant, contre
le vice , ne songeant qu'à sa femme qui n'est
plus , la louant par habitude , & n'en prenant
point une seconde..... par entêtement.

LAURETTE.

On dit que c'est par tendresse pour sa fille.

Madame DE FLORVAL.

Autre extravagance ! il l'idolâtre & ne l'a
jamais vue ; ajoutez qu'elle va prendre le voile.

LAURETTE.

Voyez ce que c'est ! j'aurois parié que vous
aviez beaucoup d'estime pour M. le Vicomte.

Madame DE FLORVAL.

Mon Dieu! je lui en ai donné la preuve, en acceptant l'appartement que j'occupe chez lui depuis qu'on arrange le mien; il fut l'ami de M. de Florval.

LAURETTE.

On l'adore dans cette maison.

Madame DE FLORVAL, ( *dédaigneusement* )

Qui? ses gens! voilà de belles autorités. N'adorent-ils pas aussi cette petite personne arrivée depuis quelques jours, & dont il s'est chargé, on ne sait trop pourquoi? Ils sont capables de de dire qu'elle est charmante.

LAURETTE.

Hélas! oui, Madame!

Madame DE FLORVAL.

Eh! mais voyons donc : qu'est-ce qu'ils lui trouvent?

LAURETTE.

Une grace! une décence! une finesse! l'air le plus touchant.

Mad. DE FLORVAL, (*avec humeur.*)

Laiffez-moi. ( *à part.* ) Cette fille n'eft plus foutenable.

LAURETTE.

Madame, je vais m'occuper du portrait.

Madame DE FLORVAL.

A la bonne-heure ! il y aura plus d'efprit à cela, qu'à tout ce que vous venez de dire.

( *Laurette fort.* )

---

## SCÈNE IV.

Madame DE FLORVAL (*feule.*)

SI j'écrivois au Marquis.... Cette réponfe eft embaraffante : il s'agit de le déterminer ; c'eft fa main que je veux : fûre de fon cœur, maitreffe du mien ; qu'ai-je à craindre ? j'ai déjà beaucoup gagné ; j'obtiendrai tout : écrivons. ( *Elle écrit.* )

SCÈNE

## SCÈNE V.

Madame DE FLORVAL; LE CHEVALIER.

( *Le Chevalier entre pendant qu'elle écrit , & il est auprès d'elle, avant d'en être apperçu.* )

LE CHEVALIER ( *à part.* )

NE lui laissons point entrevoir que je ne l'aime plus ; ce seroit des reproches sans fin, & les reproches m'excèdent. ( *Il s'approche.* ) Je vous interromps peut-être, Madame , & l'heureux mortel à qui vous écrivez......

Madame DE FLORVAL, ( *d'un air tranquille, & serrant ses lettres dans sa poche.* )

Par exemple, Chevalier.... Si c'étoit à vous?

LE CHEVALIER ( *à part.* )

Je n'en étois que trop certain.

Madame DE FLORVAL.

Vous êtes capable d'en douter: je suis très-mécontente , je vous en avertis.

B

LE CHEVALIER.

Bon ! pour trois jours d'abfence !

Madame DE FLORVAL.

Pour votre jaloufie, qui n'eft pas du tout fondée, Chevalier ! votre ame devroit être plus confiante ; & fi la mienne étoit moins douce......Comme vous voilà troublé ! allez-vous retomber dans vos rêveries ? elles finiront par laffer mon cœur.

LE CHEVALIER.

En vérité, Madame, je ne fais.....

Madame DE FLORVAL, ( *vivement.* )

Je fais que les petits démêlés des amans ordinaires ne me conviennent point : je veux de la fécurité ; je fuis la fimplicité même. Ecoutez-moi : n'eft-ce pas vous qui m'avez amené le Marquis d'Elfort.

LE CHEVALIER.

Eh bien, Madame !

Madame DE FLORVAL.

Eh bien ! vos inquiétudes, vos foupçons, vos alarmes continuelles, tout cela eft abfurde, chimérique, iujufte, incommode, & me blefferoit fort fi je ne compatiffois aux chagrins dont je fuis caufe.

LE CHEVALIER, ( *à part.* )

Quoi ! elle ne finira pas de me croire jaloux !

Madame DE FLORVAL, ( *à part.* )

Quelque temps encore cachons-lui fon infortune. ( *au Chevalier* ) Répondez-moi donc. Comment toujours interdit !

LE CHEVALIER.

Le moyen de ne pas l'être ? Je fuis deviné fi fingulièrement.

Madame DE FLORVAL.

Senfible, on eft clairvoyante. ( *Le Chevalier ne peut s'empêcher de rire.* ) Vous riez ? Enfin vous devenez raifonnable.

LE CHEVALIER.

Je ne fuis plus inquiet : cependant d'Elfort eft charmant, & il vous adore.

Madame DE FLORVAL.

Vous croyez ?......

LE CHEVALIER.

J'en fuis sûr.

B 2

Madame DE FLORVAL.

Voilà ce que je ne veux point. Il est votre ami,
je le distingue : c'est assez.

LE CHEVALIER, (*tristement.*)

Mais sa figure, sa naissance, son esprit, mille
agrémens, de la valeur, de grands biens, beaucoup d'amour peut-être ; vous ne voyez donc point
cela ? ( *à part.* ) Comment ferai-je pour la décider
en sa faveur.

Madame DE FLORVAL.

Je vois qu'il lui manque l'émulation de vous
ressembler ; je vois qu'il vous alarme, que vous
avez tort, que vous ne connoissez point assez vos
avantages ni ma constance. Je vous dirai plus : si
le Marquis vouloit m'épouser, vous préférant à
tout, je refuserois l'offre de sa main.

LE CHEVALIER.

Je ne consentirois point à un tel refus. ( *à part.* )
Cette femme-là m'aime furieusement.

Madame DE FLORVAL.

Oui, Chevalier ! je vous le répète ..... Ou si
la force des circonstances m'obligeoit d'être à un

autre, je ferois la perfonne du monde la plus à plaindre.

LE CHEVALIER.

( à part. ) Encore. ( haut. ) Vous êtes admirable, & je fuis d'une fidélité !

Madame DE FLORVAL.

On n'aime point ainfi les autres femmes : elles en font d'une fureur........ Elles me déteftent, elles m'envient. Moi, je les loue volontiers : mon cœur n'eft pas fait pour haïr ; je ne fuis point vindicative.

LE CHEVALIER.

D'ailleurs votre fupériorité vous venge.

Madame DE FLORVAL.

Bon, eft-ce qu'elles y croient ?

LE CHEVALIER.

Quelques-unes ont de la raifon.

Madame DE FLORVAL.

Prefque toutes n'ont que de la vanité. J'en pourrois citer mille ; une Madame de Vernange, entr'autres, que l'on prend pour être naturelle, qui n'en a que l'air, qu'on ne voit que dans fa famille,

B 5

qui n'a point d'exiftence ! perfonne n'en dit du mal : eh bien , elle a très-bonne opinion d'elle.

LE CHEVALIER.

Quelle folie !

Madame DE FLORVAL.

C'eft la fienne : & pour fon frère quoique je loge chez lui . . . . .

LE CHEVALIER.

Ce cher Vicomte ! je ne lui connois qu'un feul mérite.

Madame DE FLORVAL.

Je ne lui en connois point.

LE CHEVALIER.

Comment ! n'eft-ce rien que le titre heureux de mentor d'une riche héritière qu'on dit, de plus, jolie comme un ange.

Madame DE FLORVAL, ( avec impatience. )

Jolie ! mais c'eft une fureur ; on me perfécute : jolie ! où prend-on cela ? On le dit, faut-il le croire ? d'où-vient le répéter ? elle ne l'eft point : je ne lui vois de fupportable que fon goût pour la retraite.

LE CHEVALIER, ( *à part.* )

Me voilà convaincu qu'elle est charmante.

Madame DE FLORVAL.

Que dites-vous ?

LE CHEVALIER.

Que je la tiens pour très-laide.

Madame DE FLORVAL.

Ce n'est point ma faute ; je n'ai point d'animosité contre elle.

LE CHEVALIER.

Je le vois bien. Cependant s'il est vrai qu'elle soit riche, on pourroit ..... J'apperçois Madame de Vernange.

## SCÈNE VI.

Mad. DE VERNANGE, Mad. DE FLORVAL, LE CHEVALIER.

Madame DE FLORVAL,
( *allant au-devant de Madame de Vernange.* )

Vous me prévenez, ma chère Baronne ! j'allois

B 4

vous chercher. Parlez-moi de vous & du Vicomte : vous m'intéreſſez tous deux également.

### LE CHEVALIER.

J'en ſuis témoin. ( *à part.* ) Elle n'eſt franche qu'avec moi.

### LA BARONNE.

Je viens, Madame, vous apprendre qu'une per-ſonne de ma connoiſſance a eu hier, à votre ſujet, une converſation avec le Miniſtre. On n'avoit point fait valoir, autant qu'ils en étoient ſuceptibles, les ſervices de Monſieur de Florval : la penſion que vous avez ſollicitée, en devoit être le prix ; & ſelon toute apparence.....

### Madame DE FLORVAL.

Mille grace, Madame ; mais, j'ai à la Cour des relations directes, des amis puiſſans ; avertie par eux de tout ce qui s'y paſſe, je connois juſ-qu'aux intentions. Je compte ſur d'autres ſuccès ; celui dont vous voulez bien me parler, puiſque je n'ai pas réuſſi, eſt impoſſible.

### LA BARONNE.

Vous avez des certitudes ! je n'ai plus rien à dire.

Madame DE FLORVAL.

Croyez aux miennes : fachez même que j'en ai,
qui vous touchent de fort près.

LA BARONNE.

Moi, Madame !

Madame DE FLORVAL.

Je vous dirai tout. Vous avez un frère très-ef-
timable ; mais il néglige de faire fa Cour. Monfieur d'Arbelle n'a point le crédit qu'il devroit
avoir. Son caractère eft trop prononcé pour ce
pays-là : s'il vouloit le fubordonner un peu aux
circonftances, fe féqueftrer moins, voir plus les
gens en faveur, & jouir de fes avantages, je fuis
parfaitement informée qu'il lui feroit facile d'arriver
à tout.

LE CHEVALIER.

Tout l'efprit de la Cour eft renfermé dans ces
confeils-là.

LA BARONNE.

Je vous crois, Madame, très-inftruite, excepté
de ce qui regarde mon frère : il a trop de con-
fidération pour n'avoir point de crédit.

Madame DE FLORVAL.

(*Un Laquais lui remet une lettre.*)

Madame, permettez.... Ce font des lettres
de Verfailles. (*à part.*) On m'annonce, fans doute,
que l'affaire en queftion eft terminée. (*en lifant
haut.*) Un refus.... Vous verrez que ce fera une
méprife du Miniftre.... (*Elle veut fermer fa lettre.*)

LA BARONNE.

Continuez, Madame, peut-être trouverez-vous
des nouvelles qui vous dédommageront.

Madame DE FLORVAL.

Vous l'ordonnez! (*elle regarde la Baronne,
elle paroît furprife.*) oui, Madame, il eft vrai:
la penfion, fur laquelle je ne comptois plus, m'eft
donnée; c'eft à Monfieur d'Arbelle que j'en ai
l'obligation. Vous ne me difiez point que c'étoit lui
qui avoit parlé : je lui dois beaucoup.

LA BARONNE.

En rendant juftice à la mémoire de fon ami,
mon frère a fatisfait fon cœur; vous ne lui devez
rien.

LE CHEVALIER.

C'eft un homme très-effentiel! il y a long-temps

que je fouhaite d'être de fes amis : je viens même de me faire annoncer chez lui par le petit Duc , & je fais qu'il me recevra avec plaifir.

Madame DE FLORVAL.

Pour moi , je lui fuis extrêmement attachée. A propos, dites-moi donc , s'il vous plaît ; ce prodige , cette Mademoifelle de Therville , confiée à Monfieur votre frère , & qui eft chez vous depuis quelques jours , qu'eft-ce que c'eft ? entre nous , eft-elle un peu intéreffante ?

LA BARONNE.

Elle l'eft plus qu'on ne peut l'imaginer.

Madame DE FLORVAL.

Il faut bien vous croire. . . . Écoutez-donc ! il me vient une idée. . . .

LA BARONNE, (à part , & avec trouble.)

Soupçonneroit-elle ?. . . .

Madame DE FLORVAL.

Je n'ai rien de caché pour vous. Prenez garde , Baronne , qu'elle ne le confole de la perte de fa fille.

LA BARONNE.

Comment ?

Madame DE FLORVAL.

Mademoiselle d'Arbelle eſt décidée à prendre le voile ; j'en ſuis très-touchée : le Vicomte en eſt au déſeſpoir. C'eſt un père tendre ; mais ſa petite protégée lui plaît beaucoup : que fait-on ? Je crois très-poſſible, au moins, qu'il ait la fantaiſie de l'épouſer : peut-être ai-je une idée folle.... ce que j'en dis , moi , c'eſt uniquement par intérêt pour vous.

LE CHEVALIER , ( à *Madame de Vernange.* )

Elle ne manque à rien ; il n'y a point d'amie plus utile.

Madame DE FLORVAL.

Je ne connois le déſintéreſſement, que pour ce qui m'eſt perſonnel.

LA BARONNE , ( *ſouriant.* )

Soyez certaine , Madame , que vos inquiétudes ſur le compte de mon frère ſe diſſiperont.

Madame DE FLORVAL.

Pardon , ſi je vous quitte ! j'ai impatience de remercier le Comte ; mais je ſuis forcée d'aller aux François, à une première repréſentation qui ne ſera point achevée. Je l'ai réſolu. Baronne, voulez-vous que je vous y mène ?

LA BARONNE.

Je vous suis obligée.

Madame DE FLORVAL.

Il faut cependant être apperçue dans les occa-
sions ; y donner le ton à la multitude , est , je
crois, quelque chose.

LA BARONNE, ( *à part.* )

Il ne lui manque pas une prétention.

LE CHEVALIER, (*avec admiration.* )

(*à Mad. de Vernange.*) (*à Mad. de Florval.*)
Elle est unique. Je voudrois pouvoir vous accom-
pagner , mais je suis attendu en vingt endroits.

( *Madame de Vernange les écoute avec surprise.* )

Madame DE FLORVAL.

Chevalier , donnez la main à Madame.

( *Madame de Vernange sort la première.* )

*Fin du premier acte.*

# ACTE II.

*Le théâtre repréfente l'appartement du Vicomte
d'Arbelle.*

## SCÊNE PREMIÊRE.

### LE VICOMTE D'ARBELLE, LA BARONNE
### DE VERNANGE.

#### LA BARONNE.

Eh ! bien , en lui apprenant qu'elle eft votre
fille , vous la ferez changer peut-être de réfolution :
elle veut renoncer au monde ; mais , s'arracher à un
père tel que vous ! cet effort eft..., impoffible.
Ceffez de vous impofer une peine , & de la priver
d'un bonheur : je ne puis vous approuver.

#### LE VICOMTE.

C'eft trop long-temps vous cacher mes raifons.

#### LA BARONNE.

Quoi ! vous en avez que j'ignore ?

LE VICOMTE.

Ma sœur, vous ne pouvez douter de ma confiance : si je vous ai tu quelques-uns de mes chagrins, c'étoit pour vous en épargner. Je sais qu'Amélie vous est chère.

LA BARONNE.

Eh ! comment ne pas l'aimer ?

LE VICOMTE.

Je découvre, chaque jour, des motifs de m'y attacher davantage ; mais un fonds de tristesse, dont la source m'est inconnue, la décide au parti dont je cherche inutilement à la détourner. Lorsque vous saurez tout, ma conduite vous surprendra moins. Vous vous souvenez que dans le temps de mon mariage, mon oncle, Monsieur d'Arbelle, aîné de notre Maison, qui en possédoit tous les biens, & qui nous tenoit lieu de père, se porta contre moi à des excès, dont je n'ai point revélé la cause : j'ai plaint.... j'ai dû respecter sa foiblesse.

LA BARONNE.

Quel est donc ce mystère ? Madame d'Arbelle réunissoit les vertus, la beauté, la naissance...

## LE VICOMTE.

Lorsque je songeai à l'épouser, mon oncle approuva un choix qui m'honoroit : il ne la connoissoit point alors ; il la vit, en devint amoureux éperdument, lui offrit sa main, m'ordonna de renoncer à elle. Le pouvois-je ? nos cœurs étoient d'intelligence ; un nœud secret nous unit : Monsieur d'Arbelle en fut informé, & voulut faire casser notre mariage ; il me supposa des torts, & porta des plaintes à la Cour : nous fumes avertis que nous avions tout à craindre. Je m'expatriai : nous confiâmes Amélie, qui venoit de naître, à une sœur de Madame d'Arbelle ; elle fut mise au Couvent en province, & y fut appellée Mademoiselle de Therville. La médiocrité de ma fortune m'avoit décidé à quitter mon véritable nom ; c'est sous celui de Therville que j'ai servi hors de la France, & toujours pour elle ; que je me suis soustrait aux poursuites de mon malheureux parent, & que j'ai vécu, jusqu'au jour, où, rappelé par lui-même....

## LA BARONNE.

Tout ce que je puis vous dire, c'est que, dans ces derniers momens, il vous désiroit, & qu'un regret profond sembloit l'occuper.

LE VICOMTE.

## LE VICOMTE.

Que ne puis-je , au prix de ce que je possède le rendre à la vie ! Mais enfin, devenu son héritier , je repris mon nom , & ne mandai rien à ma fille ; je m'applaudissois de la surprendre. La Supérieure du Couvent où elle étoit , mon amie , même un peu ma parente, dépositaire de mon secret , m'écrit que ses jours ont été en danger, qu'elle est mieux ; mais, que foible, languissante , plongée dans une mélancolie profonde, elle demande à se consacrer à la retraite. J'accours, je la vois : quel moment ! Craignant de l'intimider, je commande à mon trouble, & lui annonce seulement le prochain retour d'un père : je lui peins la douleur qu'il sent de la résolution qu'elle a prise ; elle fond en larmes : je m'apperçois que la cause de sa vocation est le désespoir ; pour mieux m'en assurer, je forme le projet de ne lui montrer en moi qu'un ami : je lui dis que la volonté de son père est qu'elle vienne chez moi, à Paris ; que j'y loge avec une sœur, & que bientôt il y sera lui-même. Elle me répond que cet ordre est sacré pour elle. , . . je pars, je l'amène ici, & voyant qu'elle prend en moi de la confiance , je continue de garder le voile, qui, faisant disparoître l'autorité toujours imposante, doit enhardir

C

les épanchemens d'un cœur où j'ai tant d'intérét
de pénétrer.

LA BARONNE.

Combien vos inquiétudes & les peines d'Amélie
me touchent !

LE VICOMTE.

Elle renferme , avec une force au-deſſus de ſon
âge , le chagrin qui la conſume ; mais c'eſt en vain
qu'elle ſe fait violence. Échappe-t-on à l'ame &
aux regards d'un père ?

LA BARONNE.

Elle ſe croit abandonnée de ſes parents ; voilà
ſans doute ce qui cauſe ſa mélancolie & ſon éloigne-
ment pour le monde.

LE VICOMTE.

Se pourtoit-il qu'un ſentiment ſecret ?.... Mais
elle n'a vu perſonne dans la retraite où , depuis
l'âge le plus tendre , elle fut renfermée.

LA BARONNE.

Pouvez-vous avoir une ſemblable crainte ?

LE VICOMTE.

Ah ! qu'elle ne redoute rien ; ſi elle avoit beſoin

même d'indulgence, ma tendreſſe la lui promet, non de celle qui, plus foible qu'éclairée, fait de nos enfans nos victimes : loin de moi la condeſcendance exceſſive qui les perd, & la ſévérité qui les aigrit & le deſpotiſme qui les révolte ! ma fille trouvera en moi un appui, des conſolations, un protecteur dans ſon juge, & jamais le ſein paternel ne lui ſera fermé.

### LA BARONNE.

Je réponds qu'elle ſera toujours digne de votre tendreſſe : nous la conſerverons : un mouvement peu réfléchi ne ſera point durable.

### LE VICOMTE.

Plût au Ciel !

### LA BARONNE.

Votre prudence, la ſageſſe de votre conduite & l'attachement qu'Amélie a déjà pour vous me raſſurent ; encore une fois déclarez-vous, & vous la verrez bientôt abandonner ſa réſolution. Quelqu'un vient.

### LE VICOMTE.

Quand je ſuis rentré, mes gens m'ont dit que le Marquis d'Elfort avoit à me parler ; c'eſt peut-être lui.

C 2

LA BARONNE.

Le Marquis d'Elfort ! eſt-ce que vous le voyez
encore ?

LE VICOMTE.

Depuis quelque temps il me cherche moins ;
mais ſon père fut mon meilleur ami : il me le re-
commanda en mourant. D'ailleurs je l'ai vu naître
& croître ſous mes yeux , & je me ſens pour lui
une affection preſque paternelle.

LA BARONNE.

Vous n'ignorez pas ſans doute que Madame de
Florval l'occupe uniquement , & j'avouerai qu'il a
tout perdu dans mon eſprit.

LE VICOMTE.

Je vous crois trop ſévère. D'Elfort eſt jeune,
il a des goûts vifs , une imagination ardente dont
on ſe ſera emparée ; mais ſon ame eſt honnête &
ſon danger m'intéreſſe. La honte & l'ennui le pu-
niront d'une erreur.

LA BARONNE.

La ſienne eſt révoltante ; ſa préſence me gêne-
roit. Le voici, je vous laiſſe. ( *Elle ſort & ſalue
froidement le Marquis.* )

## SCÈNE II.

### LE VICOMTE D'ARBELLE, LE MARQUIS D'ELFORT.

#### LE MARQUIS.

JE fuis bien coupable, Monfieur, d'avoir négligé un ami, dont les bontés m'honorent & me font chères.

#### LE VICOMTE.

Oui fans doute, mon cher Marquis, vous êtes coupable : n'importe ; à votre âge on eft entraîné ; au mien on doit être indulgent.

#### LE MARQUIS.

Ah! j'ai autant befoin de vos confeils que de votre indulgence ; foyez mon guide & mon fou- tien ; c'eft dans votre fein que je viens me jetter.

#### LE VICOMTE.

Je vous y reçois, parlez ; & fi vous croyez que je puiffe vous être utile, livrez-vous fans réferve à toute mon amitié.

C 3

## LE MARQUIS.

Ah! elle eft toute ma reffource. Lifez dans mon cœur : il n'étoit pas fait pour l'ingratitude ; elle eft mon crime & mon tourment. J'aimois, j'étois aimé d'un objet adorable, jeune, fenfible ; n'ayant que des graces & des vertus : il me fallut quitter les lieux qu'elle habitoit ; je crus perdre tout en m'éloignant d'elle : je vins ici, j'y vécus long-temps feul, fon image me fuffifoit. Je me liai avec le Chevalier d'Orfai ; il m'entraîna dans le tumulte où il vit : je fis connoiffance avec des femmes aimables : les plaifirs parvinrent à me diftraire de mon amour, un nouvel attachement en prit la place : on a combattu mes remords fans les détruire, ils s'accroiffent au moment où je vais me lier pour jamais. Oui, Monfieur, le croiriez-vous ? j'en ai pris l'engagement avec une autre que celle dont je viens de vous dire que mon ame fut enchantée. Hélas! elle n'a point daigné me répondre, me faire un feul reproche, me marquer le moindre regret ; elle me hait, me dédaigne! je fens trop que je le mérite, je l'ai trahie ; j'ai eu des torts impardonnables : eh! que fais-je, Monfieur? c'eft peut-être pour cela qu'il m'eft impoffible de l'oublier.

## LE VICOMTE.

J'approuve fa conduite ; mais la vôtre eft incom-

préhenfible. Quoi ! dans l'age de la candeur & né
pour la vertu, déjà vous réfiftez à fa voix ! un
être intéreffant vous eftimoit, vous avoit confié
fon repós, fon bonheur ; vous lui enlevez tout !
elle ne peut, elle ne doit plus fonger à vous qu'a-
vec horreur. Ah ! Marquis, qu'elle foit du moins
la dernière victime de votre inconftance ! il eft
des hommes qui fe font un jeu du menfonge, de
la mauvaife foi, de la perfidie ; égoïftes cruels, à
qui rien n'eft facré que leurs plaifirs : ah ! ne leur
reffemblez jamais : l'honnêteté, la reconnoiffance,
les devoirs les plus doux ne font, pour eux, que
des chimères ; ils trouvent de l'amufement dans les
malheurs dont ils font caufe ; la pitié même leur
eft inconnue : le cœur le plus vrai, celui qui leur
appartient d'avantage eft celui qu'ils fe plaifent à
déchirer ; leurs triomphes font affreux, & les
lâches s'applaudiffent de l'impunité. Pardon de ma
franchife : mais gardez vos remords, vous n'avez
point d'autre excufe.

### LE MARQUIS.

Eh bien, vous ne connoiffez pas encore tous
mes forfaits ! j'ofai écrire..... ce fouvenir eft mon
plus cruel fupplice. J'ofai mander au premier objet
de tous mes fentimens, qu'il falloit que fon ame
imitât la mienne, qu'elle devoit renoncer à moi,

qu'un destin fatal ,.....Cet aveu vous révolte.....
Vous frémissez !.....Ah ! voyez mes larmes. &
jugez de mes tourmens , de mes combats , sur-tout
de mon repentir.

### LE VICOMTE.

Et sa rivale a vu de sang froid cet horrible sacri-
fice? elle a pu le permettre ?

### LE MARQUIS.

Incapable de me l'ordonner , elle n'y auroit
jamais consenti sans la persuasion , peut-être juste,
qu'il ne restoit à un infidèle d'autre mérite que
d'être vrai.

### LE VICOMTE.

Ainsi dût votre sincérité coûter la vie à une
amante trop sensible.....

### LE MARQUIS.

Hélas ! je ne lui ai point coûté de pleurs. Si elle
m'avoit aimé !.....

### LE VICOMTE.

Le saviez-vous , Marquis , lorsque cédant à des
conseils, à des séductions, & leur sacrifiant tout ,
vous avez obéi à un caprice , suggéré peut-être.
En attendiez-vous du bonheur ? Il n'est point dans

les fauffes jouiffances , qui trop fouvent égarent.
Ce que l'on fe reproche , comment ofe-t-on fe le
permettre ? N'eft-ce pas foi-même alors que l'on
immole ? Enfin , ne deviez-vous rien à vos fermens ?

### LE MARQUIS.

Elle ne s'en fouvient plus ; moi feul, je me les
rappelle encore. Oui , Monfieur , je vous en fais
juge. Ne me dois-je pas à celle qui doit mettre un
prix à mon amour , à qui je viens d'arracher l'aveu
du fien , qui ne me montroit que de l'amitié , ne
vouloit que la mienne , qui avoit le courage & la
délicateffe de me cacher fes fentimens ? Je dois ce
me femble la préférer à tout , & je voudrois bien
ne fonger qu'à elle. Convenez-en , Monfieur, ce
font mes fouvenirs qui me rendent coupable ; il
faut les abjurer ; il le faut : car enfin , il eft trop
vrai que j'ai promis.

### LE VICOMTE.

Vous avez promis.....! je gémis de votre im-
prudence : votre fort me fait trembler.

### LE MARQUIS.

Ah ! de grace, cachez-moi vos craintes : que
me ferviroit une lumière funefte ? ah ! loin de
m'éclairer, daignez m'affermir.....Que dis-je ,

tout me décide : vous avez de l'eftime pour la perfonne à qui ma parole m'engage ; & je me flatte
qu'en vous la nommant , je détruirai des inquiétudes . . . . . . . que je frémirois de partager.

### LE VICOMTE.

Eh ! bien , quel eft fon nom ?

### LE MARQUIS.

Il m'a toujours paru qu'elle avoit votre fuffrage ;
& j'ai befoin d'en être sûr pour me calmer : en un
mot , c'eft Madame de Florval.

( *Le Vicomte refte interdit.* )

### LE MARQUIS.

Vous ne répondez rien ?

### LE VICOMTE.

Je n'ai rien à vous répondre.

### LE MARQUIS.

Votre approbation m'eft néceffaire, l'obtenant
je n'aurai point de doute : connoiffez une ame à
qui l'on ne rend pas juftice.

### LE VICOMTE,
( *l'obfervant plus attentivement.* )

Prenez garde , Marquis , vous avez moins l'air

d'un homme perfuadé, que de quelqu'un qui cherche
à l'être.

## LE MARQUIS.

Eh ! bien, Monfieur, pour nous tranquilifer tous
deux, voyez, je vous en conjure, ce qu'elle ma
écrit, ce qui m'a déterminé, ce que.... Je crois
que vous admirerez vous-même : lifez.

## LE VICOMTE,

*( lifant, avec une forte de dédain froid. )*

« J'ai trop fouffert, Marquis, du facrifice que
» vous m'avez fait. Je vous rends à celle que vous
» aimâtes. Je vous conjure de n'affliger que moi :
» je me hais depuis le jour où je vous ai porté à
» l'inftruire de votre changement. Je crus alors
» que vous deviez être fincère. Je trouve à préfent
» que vous avez été cruel. Cette idée me pourfuit,
» me défole : je plains le fort d'une infortunée qui
» vous perd. Et que n'aurois-je pas à craindre
» pour moi-même, fi je ne vous difois adieu pour
» toujours ? je ne vous verrai plus ; je ne vous ou-
» blierai jamais : je crois cependant n'être que
» votre amie ».

## LE MARQUIS.

Eh ! bien, cette lettre ?

LE VICOMTE, ( *après une pause.* )

Je me tais, de peur de vous paroître injuste.

### LE MARQUIS.

Oh ! oui , vous êtes injuste. Je pense, du moins, que vous l'êtes, si vous doutez qu'elle ne soit dictée par l'ame la plus sincère. Pour moi je vous avouerai tout : après l'avoir reçue, je volai chez Madame de Florval ; pendant plusieurs jours, je ne pus la voir ; enfin , malgré ses défenses, un de ses gens m'a introduit , & je ne suis parvenu à dissiper ses craintes & son effroi, qu'en lui jurant d'être son époux.

### LE VICOMTE.

Qu'est devenue sa sensibilité , & cet intérêt si tendre pour une rivale ? ( *appercevant le Chevalier , & avec l'air contrarié.* ) Qu'entends-je ? C'est le Chevalier d'Orsay : qu'il vient mal à-propos.

### LE MARQUIS.

Ne lui dites point, Monsieur, que j'épouse Madame de Florval : elle veut l'amener avec ménagement à cette nouvelle , & la lui annoncer elle-même. Elle vient de refuser l'offre de sa main , & il en est au désespoir.

LE VICOMTE, (*à part.*)

Chaque mot me confond : le malheureux ! comme il eſt trompé !

SCÊNE III.

## LE VICOMTE D'ARBELLE, LE MARQUIS D'ELFORT, LE CHEVALIER.

LE CHEVALIER.

DEPUIS long-temps, Monſieur, j'aſpirois à l'honneur de vous voir chez vous.

LE VICOMTE, ( *d'un air froid.* )

Monſieur, vous n'y trouverez point de plaiſirs faits pour vous plaire. Une ſociété peu nombreuſe, le charme de la confiance, celui de l'amitié, voilà ce qui me convient : il vous faut un plus grand théâtre.

LE CHEVALIER.

Il eſt vrai que l'on me recherche, juſqu'à l'importunité ; mais c'eſt par condeſcendance que je me rends ; & ſérieuſement je vivrois ſeul ſi l'on pouvoit ſe paſſer de moi.

LE VICOMTE.

Vous n'aurez point un fi mauvais procédé pour l'univers.

LE CHEVALIER.

Je n'en répondrois pas ; j'ai des momens d'humeur : je fonge à me marier.

LE VICOMTE.

Eft-ce l'avis de Madame de Florval ? vous avez en elle de la confiance.

LE CHEVALIER, ( *légèrement.* )

Je lui cache peu de chofe : c'eft une femme effentielle que je refpecte ; elle n'a qu'un défaut ; l'amour lui fait peur ; mais elle eft fi bonne amie, qu'on ne peut s'en plaindre. d'Elfort, je fuis sûr qu'elle vous donne d'excellens confeils.

LE MARQUIS, ( *avec embarras.* )

Je m'en fais gloire.

LE CHEVALIER, ( *au Vicomte.* )

Vous venez, Monfieur, de lui rendre un fervice important.

LE VICOMTE.

Ne parlons point de cela je vous prie.

### LE CHEVALIER.

Eh! bien, parlons de cette charmante personne qui est chez vous : on dit qu'il est impossible d'être plus jolie ; & l'animosité des femmes en est la preuve.

### LE VICOMTE.

Elle ne devroit point exciter l'envie.

### LE CHEVALIER.

Vous connoissez mal son sexe , si vous croyez qu'on lui pardonnera ses avantages ; les hommes même ont eu de la peine à s'accoutumer aux miens.

### LE VICOMTE, ( *à part.* )

Je ne saurois y tenir davantage ; ( *haut.* ) Monsieur une affaire indispensable m'oblige de sortir à l'instant même ; pardonnez. . . . Marquis, pourrez-vous attendre mon retour.

### LE CHEVALIER.

Ne vous gênez point , je vous attendrai avec lui.

### LE VICOMTE.

Mais mon absence pourra être longue.

### LE CHEVALIER.

Ayant à vous entretenir , permettez. . . .

LE VICOMTE, (*à part.*)

Quel homme ! ( *haut.* ) dès que c'est un parti pris.... ( *il salue froidement le Chevalier, plus affectueusement le Marquis, & sort.* )

---

## SCÈNE IV.

### LE MARQUIS, LE CHEVALIER.

#### LE CHEVALIER.

COMME il est silencieux ce Vicomte ! convenez du moins que sa réputation d'esprit est diablement usurpée.

#### LE MARQUIS, ( *sèchement.* )

C'est qu'il se tait volontiers quand son ame n'a rien à dire.

#### LE CHEVALIER.

Aussi est-il d'une monotonie....

#### LE MARQUIS.

Ne voudriez-vous pas qu'il eût du jargon ? c'est un homme supérieur, voilà pourquoi il est si simple dans ses discours : son caractère courageux, noble & vrai, est celui d'un sage ; & son esprit est sans ostentation, comme ses vertus.

#### LE CHEVALIER.

## LE CHEVALIER.

Savez-vous, Marquis, que tout ce que vous venez de dire eft très-beau ? J'honore auffi le Vicomte, mais je ne fuis point fon enthoufiafte. Vous vous en-flammez pour fes vertus ! moi elle me gênent. J'ap-précie les chofes : multiplier fes goûts, modérer fes fentimens, diriger fes opinions fur fon intérêt, ne fuir que l'ennui, être heureux, & cité ; voilà ce que j'appelle être fage.

## LE MARQUIS.

C'eft-à-dire, s'aimer exclufivement, voilà votre philofophie.

## LE CHEVALIER.

Eh ! pourquoi ne pas s'aimer de préférence à tout, fi l'on eft le plus aimable de ceux que l'on connoît ? Ne vous ai-je pas dit que je deviendrois mifanthrope par mécontentement du genre humain ? Je rendrai pourtant juftice à Madame de Florval ; j'ai avec elle beaucoup d'analogie : elle fera époque, Madame de Florval, & fi vous l'aviez voulu vous, en nous réuniffant tous trois, nous aurions régné fur les efprits ; difpofé des places ; mais il faudroit s'entendre, & malheureufement vous penfez comme on le faifoit autrefois.

D

LE MARQUIS.

Il faut me plaindre.

LE CHEVALIER.

Sur-tout quand vous avez des remords , ou des
fcrupules dans l'âge des plaifirs : au lieu de le con-
fumer en langueur, prolongez-le par des enchante-
mens. Par exemple, défolez quelques femmes ; cela
eft gai, & d'un très-bon effet auprès de plufieurs:
tel que vous me voyez, Marquis, j'ai la foibleffe
de les ménager ; elle rafollent de moi, c'eft une raifon ou une excufe; mais je ne vous confeille
point....

LE MARQUIS.

Jamais vous ne m'aviez fi bien développé vos
fentimens.

LE CHEVALIER.

Vous conviendrez du moins qu'ils font plus con-
féquens que les vôtres. Vous dépendez de tout ;
vous ne faites point de progrès. Comment ! parce
que vous n'aimez plus cette petite perfonne, qu'en
confcience vous auriez dû me nommer , vous êtes
d'une confternation ! en vérité , cela ne raffemble
à rien.

LE MARQUIS.

Que voulez-vous, Chevalier, il femble que toutes

les circonſtances ſe réuniſſent pour m'en rappeler
le ſouvenir ; il ſemble que chaque événement s'arrange exprès pour me punir de mon inconſtance.
On m'accuſera de bizarrerie ; je le ſais, j'y conſens ;
je ſuis inexplicable à moi-même.... Son portrait,
oui, ſon portrait que je poſſédois à ſon inſu, que
je renfermois avec ſoin, qui me retraçoit ſon image,
qui nourriſſoit mon repentir, que je regardois ſans
ceſſe pour me trouver plus coupable encore ; eh !
bien, je l'ai perdu, & je vous avouerai que j'en
ſuis inconſolable.

### LE CHEVALIER.

Je ne vous comprends point ; je perdrois, moi,
vingt miniatures, & je dois en avoir d'avantage
que je ne m'en croirois pas plus malheureux.

### LE MARQUIS, (*très-vivement.*)

Il faut qu'on me l'ait dérobé ; il n'y a point de
vol auſſi criminel. Je ne ſais ſur lequel de mes gens
arrêter le ſoupçon ; mon parti eſt pris, je les chaſ-
ferai tous.

### LE CHEVALIER.

Eh ! mais, conſolez-vous mon très-cher Marquis : d'après cet emportement, je crois, dieu
me pardonne, que l'anonyme vous tient encore
au cœur.

D 2

LE MARQUIS, ( *à part.* )

Ah ! peut-être n'eſt-il que trop vrai ?

LE CHEVALIER.

Dites-moi cependant à quoi vous mèneroit cette paſſion ? Il en eſt d'excuſables : que Madame de Florval tourne la tête.... fort bien ! c'eſt une perſonne faite, celle-là, qui a dans l'ame du reſſort, de l'énergie, on la rencontre par-tout : elle connoît les gens en faveur ; je l'adore, & vous ſeriez même pardonnable de l'aimer.

LE MARQUIS.

Quoi, ſi je parvenois à l'intéreſſer....

LE CHEVALIER.

Il ſeroit bien glorieux de triompher d'un cœur auſſi fier : votre félicité conſoleroit le mien.

## SCÈNE V.

LE MARQUIS, LE CHEVALIER, LAURETTE.

LAURETTE.

MADAME de Florval prie Monſieur le Marquis de vouloir bien paſſer chez elle.

LE CHEVALIER.

C'eſt une faveur.

LE MARQUIS.

Chevalier, faites agréer mes excuſes à Monſieur d'Arbelle. ( *Il ſort.* )

---

## SCÈNE VI.

LE CHEVALIER, LAURETTE.

LE CHEVALIER.

LAURETTE me reſte : d'honneur, je l'aime à la folie; & cependant il n'y a qu'elle qui me tienne rigueur. ( *Le Chevalier veut l'embraſſer.* )

LAURETTE, ( *l'en empêchant.* )

Vous oubliez, Monſieur, que vous adorez ma Maîtreſſe.

LE CHEVALIER.

Es-tu folle? c'eſt elle qui m'aime à m'en déſeſpérer.

LAURETTE.

Monſieur, ne dites pas cela tout haut, vous fâcheriez Monſieur le Marquis.

D 3

LE CHEVALIER.

Je ne le dis point devant lui ; je n'ai pas envie d'ajouter à ſes déſolations ; je fais même l'impoſſible pour qu'il réuſſiſſe, mais on le traite impitoyablement.

LAURETTE.

Mon dieu ! oui, car on l'épouſe.

LE CHEVALIER.

Eh ! qui donc épouſe-t-il ?

LAURETTE.

Quoi ! vous ne ſavez pas ? je viens de l'apprendre.

LE CHEVALIER.

D'Elfort eſt myſtérieux !

LAURETTE.

Je n'ai point ce défaut-là, & je vous confie qu'il épouſe ma Maîtreſſe.

LE CHEVALIER, ( en riant. )

C'eſt une plaiſanterie.

LAURETTE.

C'eſt une indiſcrétion de ma part, mais elle ſera complette puiſqu'elle eſt commencée.

LE CHEVALIER, (*d'un air surpris.*)

Il fe pourroit ?... mais tu as raifon : j'aime la franchife.

LAURETTE.

Eh ! bien, Monfieur, puifqu'elle vous plaît, fachez que, par égard pour votre amour, Madame ne vouloit point vous annoncer tout de fuite que vous lui étiez devenu indifférent.

LE CHEVALIER.

Elle me juroit encore tout-à-l'heure.....

LAURETTE.

C'étoit toujours par procédé, & elle comptoit en vous inftruifant de fon mariage vous faire accroire que vous n'en conferveriez pas moins fur fa tendreffe un empire éternel.

LE CHEVALIER.

Et j'étois la dupe de cette femme !

LAURETTE.

Ce n'eft qu'un très - petit malheur, mais fi peu fait pour vous, qu'il doit vous étonner.

LE CHEVALIER.

Comment ! tandis que j'entretenois fans ceffe le

D 4

Marquis des charmes qu'elle croit avoir , des qua-
lités qu'elle n'eut jamais ; que je vantois son crédit
subalterne, sa consistance imaginaire ; que je lui
peignois sa conquête difficile & flatteuse ; pendant
que je l'enflammois pour elle , en dépit de tout , &
presque de lui-même , on prévenoit mon incons-
tance ; j'étois compromis !

### L A U R E T T E.

Je conviens qu'elle n'auroit pas dû se dégager
si vîte : Elle vous plaignoit cependant.

### LE  C H E V A L I E R.

Me plaindre ! ce sentiment m'est nouveau , c'est
une insulte dont je me vengerai : elle me croyoit
donc son esclave ? moi ! l'esclave d'une femme !

### L A U R E T T E.

Il vaut mieux être le jouet de toutes.

## S C È N E   V I I.

### LE CHEVALIER, LAURETTE , DUBOIS.

### D U B O I S, ( à demi-bas. )

Monsieur, j'ai une mauvaise nouvelle à
vous dire , Madame la Duchesse....

LE CHEVALIER.

Me trompe-t-elle ?

DUBOIS.

C'eſt bien pis : ſachant quelques-unes de vos in-
fidélités, elle va demander pour une autre le Régiment qu'elle vous auroit fait avoir ; elle eſt fu-
rieuſe.

LE CHEVALIER.

Cette femme, par exemple, ſe comporte à mer-
veilles ; &....

DUBOIS.

Quoi, Monſieur ; vous êtes content.

LL CHEVALIER.

Il me ſera aiſé de la calmer. ( *à Laurette.* ) Ne
dis point la confidence que tu m'as faite.

LAURETTE.

Je n'ai garde.

LE CHEVALIER.

Ma foi, puiſque le Vicomte ne revient point,
je vais chez la Ducheſſe. ( *il ſort.* )

## SCÈNE VIII.

### LAURETTE, DUBOIS.

#### DUBOIS.

Qu'est-ce donc que cette confidence ?

#### LAURETTE.

Une petite ouverture de cœur que ton Maître m'a arrachée ; il m'aime sincèrement, & cela ma gagnée.

#### DUBOIS.

Il est bien heureux d'avoir su t'inspirer de la confiance.

#### LAURETTE.

Serois-tu capable de garder un grand secret ?

#### DUBOIS.

Je te le jure.

#### LAURETTE.

Tant pis ; je n'aime point les sermens : ma Maîtresse & ton Maître en font toujours.

#### DUBOIS, (fièrement.)

Mademoiselle j'ai de la probité.

LAURETTE.

Sois inftruit que j'ai entre mes mains le plus joli
portrait. Madame de Florval, à qui j'ai appris que
M. d'Elfort en avoit un, qu'il obfervoit avec l'intérêt le plus vif, foupçonnant que c'étoit le fien,
a voulu le favoir : les gens du Marquis la craignent,
& moi je fuis bien avec eux : ils ont profité d'un
moment où leur Maître, en changeant d'habit
avec précipitation, & peut-être égaré par fon
amour, a laiffé tomber ce portrait d'une de fes
poches ; ils l'ont trouvé & me l'ont remis. Juge de
mon étonnement. Il reffemble d'une manière frap-
pante à Mademoifelle de Therville. C'eft fans doute
un effet du hafard ; je ne penfe point que ce puiffe
être le fien ; mais cependant fon abattement, fa
mélancolie.... Elle m'intéreffe plus que jamais.
Dans cette incertitude pour la fervir, fi je puis,
ou du moins la venger, je viens d'apprendre à ton
Maître le mariage de Madame avec Monfieur le
Marquis, & la manière dont il a été joué. Il ne la
louera plus; je t'en réponds.

DUBOIS.

Comment tu lui as dis !...

LAURETTE.

Tout-à-l'heure, & fa colère m'a bien amufée ;

ce qui diminue ma joie , c'eſt l'obligation où je ſuis de remettre ce portrait à Madame. Le valet-de-chambre du Marquis ſort de chez elle , & il s'eſt fait un mérite d'avoir tout riſqué pour remplir ſes ordres : ſûrement elle va me le demander , ce portrait; elle étoit avec du monde ; dès qu'elle ſera ſeule , elle y ſongera.

### DUBOIS.

Parles-lui de ſes attraits ; elle oubliera tout.

### LAURETTE.

Ton idée n'eſt pas mauvaiſe ; mais , là , de bonne-foi , que veux-tu que j'en diſe ? je la vois moi , avant ſa toilette : cela me gêne pour les complimens. Et à propos tu me rappelles que voici l'heure de la ſienne. Adieu , Monſieur Dubois.

( *Elle s'en va.* )

### DUBOIS.

Votre ſerviteur , Mademoiſelle Laurette.
( *Il ſort d'un autre côté qu'elle.* )

*Fin du ſecond acte.*

# ACTE III.

*( Le lieu de la scène est toujours l'appartement du Vicomte d'Arbelle.*

## SCÈNE PREMIÈRE.

### AMÉLIE, *( seule, très-abattue. )*

Est-ce une erreur ? quel trouble m'en est resté.
Il ne m'a point vue ; j'ai cru l'appercevoir : que
dis-je? mon cœur m'abusoit; il m'a toujours trompée.
j'ai donc tout perdu ! mais, du moins, ingrat
d'Elfort, vous n'en jouirez pas : l'ame que vous
déchirez, celle qui vous méritoit, ne s'abaissera
point à surprendre en vous quelques mouvemens
de pitié ; j'ai dédaigné, cruel, de me plaindre :
c'est au fond de cette ame, aussi courageuse
qu'infortunée, que j'ai renfermé votre perfidie &
mon malheureux attachement.............
Il a pu renoncer à moi ; il a pu me trahir.
Sera-t-il aimé comme je l'aime ! C'en est fait ! je renonce à tout ; j'y renonce avec joie. Eh ! que ferois-je au monde ? j'y verrois par-tout l'imposture ;

oui , par-tout , puifqu'elle eft dans fon cœur. Madame de Vernange & Monfieur d'Arbelle font les feuls que je regretterai : combien je les aime ! & mon père auffi m'abandonne : il refte loin de fa fille.... Je ne puis même cacher dans fon fein ma foibleffe & mes larmes. ( *Elle fe laiffe tomber fur un fauteil, fa tête appuyée fur fa main.* )

## SCÈNE II.

Madame DE FLORVAL, AMÉLIE.

AMÉLIE, ( *à part.* )

QUE fa vifite m'eft importune !

Madame DE FLORVAL.

Quoi ! Mademoifelle , vous êtes jeune ; on vous trouve belle ! & vous voilà feule , à rêver triftement !

AMÉLIE.

Mon caractère, Madame, me porte à la réflexion.

Madame DE FLORVAL.

Voilà ce que je condamne : rien n'eft plus ennuyeux. J'ai couru, moi, une partie de la journée.

Il eſt vrai que peu de perſonnes ſuffiſent à tout : c'eſt mon ſecret. Je préſide comme de raiſon aux grands événemens ; & par fois à la chûte des pièces nouvelles. A ſouper , je réſous des pro- blêmes à mes cours de Sciences , j'invente des modes : je politique à ma toilette ; & tenez , en me promenant, je viens à l'inſtant même de gronder les juges d'une femme de ma connoiſſance qui auroit dû gagner ſon procès avec dépens : c'étoit moi qui le ſollicitois. Vous êtes ſurpriſe ?

### AMÉLIE.

Moi, Madame , point du tout.

### Madame DE FLORVAL.

Et n'ai-je pas encore avec mes différens intérêts & ceux des autres, mes répétitions qui m'occupent ?

### AMÉLIE.

Quelles répétitions ?

### Madame DE FLORVAL.

Celle d'une tragédie où j'avois choiſi un rôle très-diſtingué à Monſieur d'Arbelle. Il a refuſé , & il a eu tort. La pièce eſt unique pour l'action , l'in- térêt , les effets. Figurez-vous le déchirement ra- pide , la profondeur inattendue , une cataſtrophe dès l'expoſition , une marche auſſi variée que prompte, un mouvement continuel ; décidément c'eſt un ouvrage ſublime où l'on pleure quand on a de l'eſprit. L'Auteur y fond en larmes : pour moi, j'y ſanglotterois exceſſivement, ( car l'abandon m'eſt naturel) ſans mon rouge qui ne tiendroit point à ces ſortes d'épanchemens-là : j'y ſuis coſtumée à ravir, coiffée en veſtale ; j'y joue le rôle de jeune princeſſe. Si vous vouliez en être, vous ſeriez contente du vôtre.

### AMÉLIE.

Madame, je ne joue point la Comédie.

### Madame DE FLORVAL.

Moi, je la joue.

### AMÉLIE.

Vous avez tout ce qu'il faut pour y exceller.

### Madame DE FLORVAL.

On le prétend ; auſſi je fais bâtir dans ma nouvelle maiſon une ſalle d'une élégance ! ... Eh ! le moyen que cela ne ſoit pas ? le Chevalier d'Orſai en a tracé les plans ; c'eſt un homme univerſel. A propos, vous ne le connoiſſez point ; quelque jour il faudra que je vous le préſente ; mais, mon Dieu ! j'ai à vous dire avant tout que je ſuis venue

ici

ici pour remercier le Vicomte ; au vrai, on ne peut aimer plus que lui à obliger.

### AMÉLIE.

C'eſt ſon bonheur ; tous ceux qui le connoiſ-ſent en parlent ainſi : moi, je lui ai beaucoup d'obligation ; mais ce ſont ſes vertus, encore plus que ſes bontés, qui m'inſpirent pour lui le reſpect, l'eſtime, la vénération tendre qui lui eſt ſi bien due.

### Madame DE FLORVAL.

Je partage vos ſentimens : mais le voici lui-même.

## SCÈNE III.

### LE VICOMTE, Madame DE FLORVAL, AMÉLIE.

### Madame DE FLORVAL.

Vicomte, nous faiſions votre éloge : je parlois à Mademoiſelle de ma reconnoiſſance, & j'étois impatiente de vous en aſſurer.

### LE VICOMTE.

Ne ſongez, Madame, qu'à ma ſatisfaction.

E

AMÉLIE.

Je le favois bien ; voilà comme vous êtes , il faut toujours vous admirer.

( *Le Vicomte la regarde avec attendriffement.* )

Madame DE FLORVAL.

Rien n'eft mieux dit ; elle eft aimable , & je prétends la diftraire : il y aura bientôt chez moi des fêtes brillantes, elle en fera ; & vous auffi, Vicomte !

LE VICOMTE.

Je doute que Mademoifelle puiffe profiter de l'offre que vous lui faites ; & pour moi.....

Madame DE FLORVAL.

Il le faut ; c'eft une nôce, c'eft la mienne dont il s'agit : je vous devois cette confidence. Le Marquis d'Elfort m'a enfin déterminée.

AMÉLIE ( *prête à fe trouver mal.* )

Monfieur d'Elfort !

Madame DE FLORVAL.

Oui, M. d'Elfort : quoi ! ce nom vous étonne ? il eft illuftre ; c'eft, à tous égards, un parti admirable : fa figure eft charmante, il a de fuperbes

terres où je n'irai point, un régiment, de l'esprit ;
je voudrois feulement qu'il ne fût pas fi modeste.
Quoi qu'il en soit, je l'époufe. Mais le connoîtriez-
vous ?

AMÉLIE, ( *avec trouble.* )

Depuis que fuis ici, je n'ai vu que les amis de
M. d'Arbelle & de Madame fa fœur......Celui que
vous venez de nommer, je ne l'ai pas aperçu.

Madame DE FLORVAL.

Eh bien, Mademoifelle, vous le verrez le jour
de mon mariage, & peut-être plutôt ; il viendra
vous en prier.

AMÉLIE, ( *avec effroi.* )

Moi, Madame ! je ferai alors au couvent pour
toujours.

( *Madame de Florval l'examine, & le Vicomte
auſſi, avec inquiétude.* )

LE VICOMTE, ( *de l'air le plus affectueux.* )

J'efpère que non.

Madame DE FLORVAL.

N'approuvez-vous pas mon choix ?

LE VICOMTE.

En douteriez-vous, Madame ?

E 2

#### Madame DE FLORVAL.

J'ai eu bien de la peine à me décider. La liberté avoit pour moi des charmes ; il est dangereux d'aimer ! un sentiment paisible m'auroit satisfaite : ce qui me convient sur-tout, c'est l'amitié, sa douceur, ses soins ; & si le Marquis avoit eu ma délicatesse, sans himen & sans amour, nous eussions été des amis bien intéressans. Je ne puis voir souffrir ; il m'aime avec une passion.....! c'est la seule qu'il ait sentie ; & il ne conserve pas même le souvenir de quelques goûts foibles, qu'il a eu autrefois. ( *A Amélie.* ) Qu'avez-vous donc, Mademoiselle ?

#### AMÉLIE, ( *se détournant pour essuyer quelques larmes.* )

Daignez, plus entière à votre joie, vous occuper moins de ce qui me regarde.

#### Madame DE FLORVAL.

J'appréhende que vous ne soyez incommodée ; ou peut-être avez-vous de l'aversion pour le mariage : vous êtes triste depuis que je parle du mien.

#### LE VICOMTE.

A son âge, on n'entend point parler d'un tel engagement sans réfléchir.

Madame DE FLORVAL.

Je vais donc y fonger auffi. Adieu, Vicomte.

LE VICOMTE.

Recevez tous mes complimens.

Madame DE FLORVAL.

C'eft au Marquis qu'il faut en faire ; il eft au comble de fes vœux. Adieu, Mademoifelle.

( *Elle fort.* )

---

## SCÈNE IV.

### LE VICOMTE, AMÉLIE.

( *Ils font quelques momens fans fe parler; Amélie eft dans un accablement profond , elle fort de fa rêverie, fait quelques pas vers le Vicomte , femble prête à lui parler, ne peut s'y réfoudre : lui-même paroît d'une trifteffe & d'une inquiétude extrêmes.* )

LE VICOMTE.

QUEL accablement, quelle contrainte, quel trouble vous agite ? Vous me défefpérez, Amélie......, La douleur profonde, qu'en vain vous cherchez à me cacher , eft pour moi un tourment dont vous ne

E 3

connoiffez pas toute l'amertume. Parlez, expliquez-
vous ; craignez de garder plus long-temps le
filence avec moi.

### AMÉLIE.

Que me demandez-vous? Ah! laiffez-moi vous
fuir, laiffez-moi me fouftraire à tout.

( *Elle fait quelques pas pour s'en aller; le Vicomte*
*l'arrête, & d'un ton ferme lui dit :* )

### LE VICOMTE.

Non, vous ne me quitterez pas ; votre malheur me donne des droits à votre confiance : ce
que je follicite, je pourrois l'exiger.

### AMÉLIE.

Eh ! pourquoi voulez-vous m'arracher mon fecret?
mes maux font fans remède, ils ne peuvent finir :
je vous affligerois ; il faut fouffrir feule.

### LE VICOMTE, ( *du ton le plus tendre.* )

Il faut, fi vous avez pour moi quelques fentimens d'amitié, m'en donner la preuve ; il faut
dépofer dans mon fein le poids qui vous oppreffe.
Fiez-vous à mon cœur, ceffez de le déchirer par
des refus plus coupables que vous ne penfez.

## AMÉLIE.

Ah! le mien eſt pénétré pour vous de la tendreſſe la plus reſpectueuſe : je ne réſiſte plus à tant
de bontés. Sachez qu'il eſt des ames impitoyables
autant que la vôtre eſt généreuſe & ſenſible ;
ſachez..... Mon ſecret m'échappe avec mes larmes..... Madame de Florval, M. d'Elfort, tous
les deux, me coûteront la vie. ( *Elle ſe jette dans
les bras du Vicomte, qui la ſerre dans les ſiens.* )

## LE VICOMTE.

Infortunée Amélie ! père plus malheureux !

## AMÉLIE.

Mon père ! ah ciel ! mon père malheureux par
moi, Monſieur ! qu'il ignore toujours, qu'il ignore
à jamais l'aveu que je viens de vous faire : je ne
pourrois ſoutenir ſon chagrin.

## LE VICOMTE.

Ne voulant qu'adoucir le vôtre, il vous épar-
gneroit juſqu'aux reproches que ſans doute, vous
vous faites.

## AMÉLIE.

Je ne m'en faiſois point quand l'objet de mon
choix m'en paroiſſoit digne : ce qui me dégrade à

mes yeux, ce qui eft ma honte & mon fupplice, c'eft de l'aimer encore quand je ne l'eftime plus ; quand rien ne me juftifie, qu'aucun efpoir ne me refte ; & qu'enfin , ne devant que du mépris au d'Elfort de Mad. de Florval, je ne puis ôter de ma mémoire celui que j'ai fi mal connu.

## LE VICOMTE.

Comment fe peut-il que, dans la retraite où vous viviez, . . . . . . 

## AMÉLIE.

Il y a deux ans, la Princeffe d'Ormène vint au couvent où j'étois ; elle voulut y avoir un appartement , & que je ne la quittaffe point. M. d'Elfort eft fon parent, c'eft chez elle que je l'ai vu. Combien j'étois loin de prévoir que ce feroit mon malheur ! je penfois n'avoir pour lui que de l'amitié : l'aveu de fes fentimens m'inftruifit des miens, & mon trouble lui apprit ce que jamais ma bouche n'auroit ofé prononcer. Que de fermens de n'être qu'à moi, de ne vivre que pour moi ! avec quel empreffement il attendoit le retour de mon père, pour le conjurer de me donner à lui ! vous même, alors, vous l'auriez aimé. Que j'étois heureufe ! il étoit vertueux ; oui, Monfieur, je vous affure qu'il l'étoit.

## LE VICOMTE.

S'il ne l'eſt plus, ſon inconſtance vous ſert : ma chère Amélie, que regrettez-vous ? Applaudiſſez-vous d'être éclairée, briſez l'idole que votre imagination s'étoit faite, fortifiez votre ame : ne feriez-vous que le jouet des circonſtances & la victime de votre propre foibleſſe ? ne feriez-vous qu'un objet de compaſſion, au lieu d'être un exemple de courage ?

## AMÉLIE.

Eh ! que pouvois-je de plus ? Depuis que j'ai reçu de lui la lettre la plus cruelle, depuis ce jour affreux, déſirant de ſuccomber à mes peines, dénuée d'appui, privée de tout, j'ai vécu dans les larmes, je les ai dévorées ; vous ſeul en ſavez la cauſe. Pour comble d'infortune, je ſuis loin d'un père ; le Ciel m'eſt témoin ſi je l'aime ! je ſuis privée de ſa préſence..... Que dis-je ? pourrois-je la ſupporter ? mon malheur me force à le fuir : comment oſerois-je lui avoüer ?.....

## LE VICOMTE.

Vous l'aimez, dites-vous, & vous redoutez de le voir ! & vous craindriez de lui ouvrir votre ame ! Que vous connoiſſez peu la ſienne ! vous l'aimez , & vous ne foupirez pas après l'inftant qui vous le fera connoître !

AMÉLIE.

Ah ! je mourrois de ma joie, fi je pouvois tomber à fes pieds ; mais je l'affligerois trop. Il faut , hélas ! il faut m'arracher même à lui ; c'eft l'effort le plus pénible pour mon cœur. C'en eft fait ! par grâce, par pitié, emmenez-moi d'ici ; il eft des objets, dont la vue me feroit trop douloureufe ; veut-on que j'expire à leurs yeux ? je puis leur pardonner ; je ne puis les voir. C'eft un Cloître que j'implore ; j'y conferverai l'éternelle reconnoiffance que je vous dois ; fans ceffe j'y ferai des vœux pour vous ; j'y fongerai à vos vertus ; j'y pleurerai mon père.

LE VICOMTE.

Ce père, hélas ! ce père fi tendre , plus fenfible, plus malheureux que vous , qui va vous perdre, que vous abandonnez , que vous laiffez fans confolation , feul au monde, vous le facrifierez donc à un homme qui ne vous méritoit pas ! vous ne ferez point le foutien, le charme de fa vieilleffe ? Sa fille élève une barrière entr'elle & lui ! c'eft loin d'elle que fes yeux fe fermeront ! Eh ! quoi, la nature a-t-elle fi peu de pouvoir ?

## AMÉLIE.

Arrêtez : que me dites-vous ? que faut-il faire ?
Ah ! ma vie lui appartient ; mais voyez ce que je
souffre, ce que je crains, ce que je regrette encore.
A chaque instant mes maux s'accroissent, ma félicité passée me les rend plus insupportables. Mon
cœur ne peut changer : tout cède, & ma raison,
& la fierté de mon caractère, à l'ascendant d'une
passion que je combats, que je déteste, que je con-
serverai jusqu'à mon dernier soupir. Non, Monsieur, mon père lui-même ne pourroit me condamner
à vivre dans un monde, dont je dois m'éloigner,
& qu'on a su me rendre horrible.

## LE VICOMTE.

Il n'a donc plus de fille ?

## AMÉLIE.

Eh ! croyez-vous n'être point cher à la vôtre ?
croyez-vous qu'elle n'ait point pour vous les senti-
timens que vous méritez, & dont moi-même je ne
puis me défendre ? cependant elle se sépare de vous
à jamais ; comme moi, elle consacre ses jours à la
retraite & au calme, que je n'espère point, qu'elle
trouvera peut-être : Avez-vous contrarié son vœu ?
Avez-vous douté de son cœur ? vous ne lui faites
point cette injure. Pourquoi me trouvez-vous plus

coupable qu'elle ? Ah ! dieu ! & c'eft à vous cependant qu'elle renonce !

LE VICOMTE.

Elle me donnera le coup de la mort , ma chère
Amélie !

AMÉLIE.

Oferois-je vous ouvrir mon ame toute entière ?
Si j'étois Mademoifelle d'Arbelle quels facrifices ne
vous ferois-je pas ? mais , Monfieur, vous l'avoue-
rai-je ? il fe mêle encore de l'amertume à ma tendreffe même pour mon père : fi je ne craignois point
d'être injufte , j'imaginerois que, peut-être , je ne
fuis pas néceffaire, autant que vous le penfez , à
fon bonheur : hélas ! a-t-il cherché fa fille ? j'étois
mourante : l'ai-je vu ? quel autre que vous m'a
donné des foins , des marques d'intérêt ? perfonne
que vous dans l'univers ne m'a confolée : vous
faites pour moi plus que lui. Cette idée m'accable !
eh ! qu'ai-je donc fait pour être fi infortunée ? quoi !
j'éprouve auffi fon abandon ! quoi ! lui-même n'auroit pour moi que de l'indifférence ! fon cœur me
feroit fermé !

LE VICOMTE, (*des larmes coulent de fes yeux.*)

Qu'entends-je ? .... ô ciel ! ... je ne puis
foutenir.

## AMÈLIE.

Arrêtez! Monfieur, arrêtez! & par pitié dérobez-moi des marques de fenfibilité qui me tuent. Malheureufe Amélie! un étranger a pleuré fur ton fort. ... hélas! & un père. ... un père adoré t'abandonne.

## LE VICOMTE, ( *en lui ouvrant fes bras.* )

Ton père t'abandonne !

## AMÉLIE.

Que vois-je? quel trouble! quel jour vient éclairer mon cœur? ces foins empreffés, cet intérêt fi tendre qui m'entraînoit moi-même ! ... féroit-il vrai ? Serois-je affez heureufe ?... mon père !

## LE VICOMTE.

Il eft dans tes bras.

## AMÉLIE.

Se pourroit-il ?

## LE VICOMTE.

Ma fille ! mon Amélie.

## AMÉLIE, ( *fe jettant dans fes bras.* )

Je n'y furvivrai pas ; je me meurs ! mon père !

( *Elle tombe à ses pieds.* ) Eh ! pourquoi me ca-
chiez-vous mon bonheur ? sans doute vous ne m'en
trouviez pas digne.

LE VICOMTE.

Tu le seras.

( *Amélie lui baise mille fois la main.* )

AMÉLIE.

Je ne me pardonnerai jamais les chagrins que je
vous ai causés.

LE VICOMTE,

Va : mon cœur te les pardonne ; & si ma fille
m'est rendue. . . .

AMÉLIE.

Elle vous consacre sa vie. Daignez seulement ,
daignez permettre que jamais je ne vous quitte,
que jamais je ne m'engage.

LE VICOMTE.

Ne crains point que je cherche à te contraindre ;
juge-moi par ma conduite. Pour obtenir ta confiance, je te cachois mes droits : je ne veux être
que ton ami.

## SCÊNE V.

Mad. DE VERNANGE, LE VICOMTE,
AMÉLIE.

Madame DE VERNANGE.
(*entendant les derniers mots.*)

ENFIN, le myſtère eſt dévoilé.

AMÉLIE, (*courant à elle, & ſe précipitant
dans ſes bras.*)

Ah, ma tante !

Mad. DE VERNANGE, (*l'embraſſant tendrement.*)

Mon Amélie ! mon frère !

AMÉLIE.

J'aurois dû le reconnoître à ma tendreſſe, à
ſes bontés.

Madame DE VERNANGE

Va, tu nous es bien chère.

AMÉLIE.

Je ſuis votre nièce, je ne pourrai vous en aimer
davantage.

Madame] DE VERNANGE,

Voudras-tu encore nous quitter?

### LE VICOMTE.

Ma fœur, pour être sûr de n'être pas inter-
rompus, éloignons-nous d'ici, & vous faurez tout
chez Amélie.

### Madame DE VERNANGE.

Madame d'Ormène y eft; elle l'attend : je ve-
nois vous le dire.

### AMÉLIE, ( *avec trouble.* )

Madame d'Ormène, ici! depuis quand?

### Mad. DE VERNANGE, ( *regardant Amélie avec attention & tendreffe, & regardant fon frère.* )

Ne différons point davantage : ceux qui la con-
noiffent lui doivent, dans ce moment, plus d'empreffement encore. Le mariage de fon neveu avec
Madame de Florval l'indigne & l'afflige; elle ne
veut point le voir. Allons la trouver, & dégagé de
ce foin, mon cœur ne fera plus qu'à ce qui vous intéreffe. ( *Ils fortent.* )

*Fin du troifième acte.*

## ACTE IV.

# ACTE IV.

## SCÈNE PREMIÈRE.

Madame DE FLORVAL, ( *seule au fond du théâtre.* )

QUOI ! le Vicomte n'est point ici. J'avois à lui parler. ( *Elle s'approche, & examine un portrait qu'elle tient à sa main.* ) Quoique ce portrait soit plus joli mille fois que Mademoiselle de Therville, seroit-ce le sien ?... Au nom de d'Elfort, elle a été interdite : à la nouvelle de son mariage ; elle a paru désespérée, lui-même aujourd'hui avoit l'air sombre. Mais, ce portrait ne lui ressemble point du tout ; Laurette le trouve comme moi : elle n'a point ces yeux-là, ils ne font point mal. N'importe, j'ai bien fait de m'en emparer. Il faut à la fin que le Marquis me nomme celle qu'il n'aime plus ; je le veux. Long-temps, j'ai paru n'avoir de volonté que la sienne : maintenant je suis sûre qu'il m'est asservi ; c'est à lui d'obéir.

F

## SCÈNE II.

### Mad. DE FLORVAL, LE MARQUIS D'ELFORT.

*( Tous les deux paroiſſent étonnés de ſe trouver chez Monſieur d'Arbelle. )*

#### Madame DE FLORVAL.

JE ne me flattois point de vous voir ici. Vous avez donc pour le Vicomte un grand fonds de tendreſſe !

#### LE MARQUIS.

Oui, Madame, & je le dois.

#### Madame DE FLORVAL.

Eh ! bien, ſi j'étois jalouſe de votre affection pour lui, que diriez-vous ?

#### LE MARQUIS.

Il n'eſt pas poſſible.

#### Madame DE FLORVAL.

Je ne connois rien d'odieux comme l'exigence, j'en ſuis très-loin ; mais il y a des choſes qui inquiètent.

LE MARQUIS.

Comment ?

Madame DE FLORVAL.

Savez-vous que cette personne, dont vous ne vous souciez plus, me tourmente extrêmement ?

LE MARQUIS.

Soyez tranquille, elle n'a pour moi que de l'indifférence.

Madame DE FLORVAL.

Ah ! vous êtes informé de ses sentimens secrets !

LE MARQUIS.

Son silence, & ma conduite m'apprennent ce qu'elle n'a pas daigné me dire.

Madame DE FLORVAL.

Votre conduite n'a rien que de très-naturel. Vous aviez une maîtresse qui ne vous convenoit point; votre cœur s'étoit trompé, il s'est donné à moi : l'attrait est devenu réciproque ; vous y avez obéi : vous vous trouvez heureux, je le suis, & votre petite demoiselle doit en être charmée, si elle vous aime.

LE MARQUIS.

Je ne vous reconnois point, Madame, à ce

F 2

# LA FAUSSE

langage, vous, qui ne me parliez d'elle qu'avec attendriſſement !

### Madame DE FLORVAL.

Je vous aimois moins apparemment ; car, prenant toujours intérêt à ma rivale, je ſens que j'y ai plus de mérite. Tenez, Marquis, vous pouvez d'un mot me rendre le repos, le calme, & même le deſir d'être ſon amie : voulez-vous mon bonheur ?

### LE MARQUIS.

Ordonnez.

### Madame DE FLORVAL.

Vous connoiſſez ma diſcrétion, mon honnêteté : vous me devez quelque confiance ; j'en deſire une preuve, & vous ne vous refuſerez point à la délicateſſe de mon motif : nommez-moi ma rivale.

### LE MARQUIS.

Eh ! pourquoi revenir ſur une demande qu'avec raiſon vous vous êtes reprochée ?

### Madame DE FLORVAL.

Qu'appellez-vous avec raiſon ? Eh ! mais l'on diroit, à vous entendre, que j'ai eu des torts.

LE MARQUIS, ( *à moitié bas.* )

Ah ! c'eft moi..... moi feul, qui les ai tous.

Madame DE FLORVAL.

Je commence, Monfieur, à m'appercevoir des miens. Je vous ai préféré, vous ne le méritiez pas ; à peine êtes-vous fûr de me plaire, que j'éprouve, de votre part, des refus.

LE MARQUIS.

Eh ! de grace, Madame, ne m'accablez point.

Madame DE FLORVAL, ( *d'un ton careffant.* )

Voilà donc ce que j'obtiens ! voilà le prix de mes fentimens !

LE MARQUIS.

Je ferois indigne de vos bontés fi j'avois la foibleffe de vous obéir : j'ai eu celle de changer ; vos graces ont été mon excufe ; mais je n'en aurois point fi je pouvois compromettre un objet eftimable & charmant.

Madame DE FLORVAL, ( *avec aigreur.* )

Que ne lui étiez-vous fidèle, fi elle a tant de perfections : vos éloges, vos procédés prétendus, vos remords fur-tout me paroiffent miférables :

F 3

par condefcendance, je m'y fuis prêtée quelque temps : vous laffez ma patience, vous bleffez mon cœur. Si je n'ai point, fur le vôtre, un empire abfolu, je vous rends vos fermens, je m'affranchis des miens : je faurai foutenir la dignité de jolie femme ; & fans vous honorer d'un regret, vous en laiffer d'éternels.

### LE MARQUIS.

Un tel difcours m'éclaire !

### Madame DE FORVAL ( *fe radouciffant.* )

Il vous peint ma fenfibilité. D'Elfort, dites-le moi, ce nom, & j'oublierai que vous me l'avez fait attendre.

### LE MARQUIS.

Vouloir que je ceffe d'être honnête, c'eft m'ordonner de renoncer à vous.

### Madame DE FLORVAL, ( *lui montrant le portrait.* )

Connoiffez-vous cela ?

### LE MARQUIS, ( *avec une forte de fureur.* )

Ce portrait entre vos mains ! le vol qui m'en a été fait feroit votre ouvrage ! fi je pouvois l'imaginer ! . . . .

Madame DE FLORVAL, ( *en riant.* )

Vous feriez trop heureux d'en être sûr: ce feroit une très-forte marque de l'amour que j'ai pour vous.

LE MARQUIS.

Eh bien! Madame, croyez au mien, croyez à mon repentir de vous avoir déplu. Rendez-moi ce portrait; accordez-moi cette grace, daignez me le rendre.

Madame DE FLORVAL.

Je puis être inhumaine, à mon tour, non par vengeance; j'ai des motifs plus dignes de vous & de moi, & même de Mademoiselle de Ther-ville.

LE MARQUIS.

Mademoiselle de Therville! ah ciel! qui vous a dit?.....Vous la connoîtriez?

Madame DE FLORVAL.

Beaucoup; elle loge ici; c'est la pupille de M. d'Arbelle: je viens de lui faire part de mon mariage.

LE MARQUIS.

( *Haut.* ) Quoi! elle fauroit.....( *à part.* ) Comment cacher mon défordre?

Madame DE FLORVAL.

Il eſt extraordinaire , au moins, que vous ayez ſon portrait.

LE MARQUIS.

Je vous jure qu'elle ne me l'a point donné.

Madame DE FLORVAL.

Mon Dieu , ſans doute vous ne la connoiſſez point, n'eſt-ce pas ?

LE MARQUIS , (*embarraſſé.*)

En effet, Madame, d'où vient me faites-vous cette queſtion ?

Madame DE FLORVAL.

Mais aujourd'hui vous êtes ſingulier ; vous ne répondez à aucune.

LE MARQUIS.

Mademoiſelle de Therville dans cette maiſon !

Madame DE FLORVAL.

Bien des gens l'ignorent ; perſonne ne s'en embarraſſe.

LE MARQUIS.

( *Haut.* ) Cette nouvelle..... ( *à part.* ) A chaque mot je me trahis.

Madame de FLORVAL.

Cette nouvelle vous étonne ! sa gaîté, sa liberté d'esprit vous enchanteroient.

LE MARQUIS, ( à part. )

O Amélie ! Amélie ! ( haut ) Il est tout simple qu'à son âge & belle.....

Madame DE FLORVAL.

Belle ! il est fort celui-là.

LE MARQUIS.

Ah ! très-belle, . . . . . à ce qu'on m'a dit.

Madame DE FLORVAL.

Tâchez de le persuader au Chevalier d'Orfai, car elle desire vivement de le connoître.

LE MARQUIS, ( avec inquiétude. )

Est-ce qu'elle marque pour lui de l'empresse-ment ?

Madame DE FLORVAL.

C'est trop prolonger votre embarras ridicule. Mademoiselle de Therville est celle à qui autre-fois vous adressiez vos soupirs : le sachant, je m'étonne de ne les point dédaigner. Voici mes conditions : vous ne serez point à moi, Monsieur,

ni digne d'y être , fi vous ne me jurez pas de ne
jamais la voir, ni M. d'Arbelle, ni Madame de
Vernange. Ma main eft à ce prix : elle vaut,
qu'on la mérite ; & quand c'eft par des facrifices
auffi peu pénibles, je ne penfe pas que vous
héfitiez.

### LE MARQUIS.

Eft-là, Madame, votre ordre irrévocable.

## SCÈNE III.

### M$_m^e$. DE VERNANGE , M$^{me}$ DE FLORVAL , LE MARQUIS.

Madame DE FLORVAL, ( *furieufe* , *appercevant*
*Madame de Vernange.* )

PAS tout-à-fait. Je change d'avis ; je prendrai
celui de Madame de Vernange.

### LE MARQUIS.

Au nom de tout ce qui vous eft cher , je vous
en conjure.

Mad. DE FLORVAL, ( *fans lui répondre.* )

Daignez , Madame, juger le Marquis & moi :
nous fommes en difcuffion.

Madame DE VERNANGE, ( *dédaigneusement.* )

J'espère que vous me difpenferez de vous mettre d'accord.

Madame DE FLORVAL.

Non, Madame, & vous faurez...

LE MARQUIS, ( *à moitié bas.* )

De grace!

Madame DE FLORVAL.

Je travaille en vain à lui perfuader que l'on doit, poffeffeur d'un portrait, ( *le Marquis la tire par fa robe.* ) avoir la probité de le rendre lorfqu'il n'intéreffe plus; on pourroit, j'en conviens, fe faire ainfi une collection agréable : mais, Mademoifelle de Therville n'eft point faite.....

LE MARQUIS.

Dieu !

Madame DE VERNANGE.

Qu'entends-je? Et que voulez-vous dire, Madame ?

Madame DE FLORVAL.

Que c'eft d'elle dont il s'agit, & que je lui crois l'ame trop fière pour fouffrir.....

Madame DE VERNANGE.

Quel mépris m'infpire celui !......

LE MARQUIS, (*à part.*)

Que je fuis malheureux !

Madame DE FLORVAL.

Du mépris, parce qu'il ne l'aime plus. Oh ! cela feroit injufte, & fur-tout s'il avoit mieux choifi.

Madame DE VERNANGE.

On pourroit en avoir pitié s'il n'étoit qu'in-conftant ; on le plaindroit d'être aveugle ou abufé ; mais fon indifcrétion eft une baffeffe qui me fait horreur.

LE MARQUIS.

Il eft moins coupable que vous ne penfez.

Madame DE FLORVAL.

Juftifiez-le auprès de Madame : je lui confie ce dépôt facré pour moi, & qui auroit dû l'être pour vous.

( *Elle remet le portrait à la Baronne, la falue, regarde le Marquis avec indignation & fort.* )

## SCÈNE IV.

### Madame LA BARONNE, LE MARQUIS.

*( Le Marquis est absorbé ; la Baronne rêve de son côté ; le Marquis sort de son accablement, il s'élance vers Madame de Vernange. )*

#### LE MARQUIS.

C'EST moi, Madame, qui suis ce coupable, cet ingrat trop puni, malheureux par sa faute, qui fut entraîné, qui se crut infidèle, qui s'apperçoit trop tard de son erreur, à qui rien ne reste, & que, pour comble de maux, vous soupçonnez d'une action infâme.

#### LA BARONNE.

Je vous soupçonne, Monsieur, dites-vous ; je n'ai point d'incertitude ; & vous ne serez pas étonné, qu'au nom de mon frère & au mien, je vous prie de ne jamais nous revoir.

#### LE MARQUIS.

Je n'y survivrai point.

#### LA BARONNE.

Eh ! qu'oseriez-vous prétendre après la plus

horrible des perfidies ? Quoi ! c'étoit peu d'abandonner celle qui vous aimoit ; car enfin trop de
choses m'éclairent : sa confiance trahie , son portrait sacrifié , sa réputation compromise ; tel a
été le prix de ses sentimens pour vous : pendant
qu'elle n'avoit peut-être que des jours affreux ,
pendant que peut-être vous plongiez le poignard
dans son cœur ; vous viviez dans les plaisirs ;
vous vous applaudissiez , aux pieds de sa rivale ,
d'un triomphe marqué par des pleurs ; vous la
livriez à son ennemie. Sans reconnoissance pour
elle , sans égard pour ses vertus , sans respect
pour vous-même , rien ne vous a été sacré ; son
malheur , du moins le plus grand de tous , celui
de vous avoir aimé , devoit vous l'être. Vous
êtes à mes yeux inhumain & vil.

### LE MARQUIS.

Arrêtez , Madame , c'est trop me juger sur les
apparences ; toutes sont contre moi , toutes
m'accusent : mais le fond de mon ame ne vous
est pas connu. Quelques instans d'illusion , que
des tourmens sans nombre ont expiés ! voilà mes
crimes ; ils me coûtent son cœur ; je le sais , je
suis oublié. Frémissez de ce que je souffre , voyez
ce que je perds. Il est vrai , je croyois ne plus
l'aimer ; je me haïssois , tout m'accabloit ; mes

regrets, la crainte de lui en caufer, la barbarie de lui en fouhaiter quelquefois, & le repentir, & l'indécifion & l'inconféquence de mes vœux, voilà quels furent mes plaifirs. Je viens d'être éclairé, l'empire qu'on avoit fur moi n'étoit point celui de l'amour : comment pouvois-je m'y méprendre ? C'étoit avec effroi que j'avois promis ma main : mais nommer Amélie, mais donner fon portrait, mais en venir à cet excès de perfidie, l'homme qu'elle daigna aimer devoit fe croire à l'abri d'un pareil foupçon.

## LA BARONNE.

Que ne puis-je vous croire ? Que ne puis-je vous eftimer encore ? Mais comment Madame de Florval a-t-elle pu favoir ?.....

## LE MARQUIS.

Elle favoit qu'une paffion avoit rempli mon cœur ; elle avoit vu mes remords, mes combats ; malgré moi je lui parlois de celle qui en étoit l'objet ; elle n'ignoroit que fon nom.

## LA BARONNE.

Depuis quand en eft-elle inftruite ? Et ce portrait qu'Amélie n'auroit jamais dû......

LE MARQUIS.

Je ne le tiens point d'elle, & le myſtère que
je lui en ai fait eſt encore un hommage à ſon
honnêteté. On la peignoit pour Madame d'Ormène, dont elle eſt tendrement aimée ; je gagnai
le Peintre. On m'a ravi ce tréſor, je l'ai vu
dans les mains de Madame de Florval ; & ma
ſurpriſe, mon trouble, mon déſordre, lui ont
tout dit. Mais, enfin, ce portrait, il eſt à moi;
auriez-vous la cruauté ?.»...

Madame DE VERNANGE.

Marquis, en êtes-vous digne ? Jugez-vous.

LE MARQUIS.

Je m'abhorre. Ah ! Madame, qu'ai-je fait ?
Elle daignoit m'aimer ; j'étois le plus heureux
des hommes : ma fatale inconſtance m'a tout ôté.
Quoi ! jamais !.....Quoi ! je l'ai perdue ſans retour : Amélie ! pour qui, ô Ciel ! ai-je renoncé
à vous ? Quelle différence, chaque jour mieux
ſentie ! j'adore Amélie ; oui, je l'adore plus que
jamais : il faut qu'elle conſente à m'écouter.

LA BARONNE.

Oſeriez-vous l'eſpérer, Monſieur ?

LE MARQUIS.

## LE MARQUIS.

Si fa haine eft inflexible, eh bien ! je veux qu'elle prononce mon arrêt ; & le recevant d'elle, lui jurer . . . . .

## Madame DE VERNANGE.

Que font les fermens d'un parjure ? Et vous-même, vous efclave des féductions, connoiffez votre dépendance ; gardez-vous de rien promettre.

## LE MARQUIS.

L'honneur, l'amour, le repentir......

## LA BARONNE.

Je les crois dans votre ame ; mais, pour que les vertus ne foient point infructueufes, il faut, dans le caractère, plus de force que vous n'en montrez. Je ne vous flatte point. Défiez-vous...... même de cet emportement.

## LE MARQUIS.

Vous ajoutez à l'horreur de ma fituation. Vous voulez que j'expire à l'heure même ; je fuis au dé-fefpoir : mais fachez, Madame, que malgré quelques égaremens, on peut encore mériter votre eftime : fi vous difiez le contraire à Mademoifelle de Therville, vous la tromperiez : eh ! que dis-je,

G

eh ! que lui importe ? Elle ne parle point de moi,
elle ne s'en souvient point ; elle n'a contre moi ni
colère ni reffentiment.

### LA BARONNE.

Je fuis perfuadée qu'elle vous pardonne : fon ame
eft généreufe, mais trop noble, trop délicate, pour
que vous deviez conferver le moindre efpoir.

### LE MARQUIS.

Le Chevalier d'Orfai l'occupe. Pardon, Madame,
je l'offenfe, je ne me connois plus.

### Madame DE VERNANGE.

Je crois entendre fa voix ; c'eft elle : éloignez-
vous, Marquis, vous le devez : fortez.

### LE MARQUIS.

Sa voix !.....Dieu !.....en effet....ce feroit elle ?...

### LA BARONNE.

Je tremble ! encore une fois, fortez : je le veux,
je l'exige.

### LE MARQUIS.

Un moment, un feul moment !.....que je la voie ?

### LA BARONNE.

Eh ! méritez-vous de paroître devant elle ?

## LE MARQUIS.

Du moins, ne me foyez pas contraire.....mon
obéiffance .......Si vous faviez ce qu'elle me coûte...
Elle doit vous toucher.

## LA BARONNE.

Allez, vous dis-je.

( *Il fort.* )

---

# SCENE IV.

## AMÉLIE, Madame DE VERNANGE.

### AMÉLIE.

MADAME fans mon père, fans vous, je ne fais
ce que je deviendrois. Madame de Florval me
pourfuit ; c'eft pour me défefpérer qu'elle me
cherche.

### LA BARONNE.

Ne vous verrai-je donc point heureufe ?

### AMÉLIE.

Vous me verrez digne de vous & de mon père ;
vous ne me verrez plus foible, j'aurois trop à en
rougir. Le plus cruel de mes chagrins fera le dernier.

G 2

**LA BARONNE.**

Mais, que vous veut Madame de Florval? que vous a-t-elle dit?

**AMÉLIE.**

Je croyois avoir épuisé tous les traits du malheur; il m'en étoit réservé, que je n'espérois pas, qui vont me rendre à moi-même: M. d'Elfort! son idée me devient insupportable; il joint l'imposture à l'ingratitude; il lui a dit, le croiriez-vous, Madame, il lui a dit que je lui avois donné mon portrait: elle sait mes sentimens; elle étoit triomphante & vouloit paroître s'attendrir. Eh! que me fait qu'elle soit cruelle? Pour M. d'Elfort, infidelle à tout, qui trahit ses sermens, mon secret & la vérité, je le méprise; bientôt je ne l'aimerai plus.

**LA BARONNE.**

Ma chère Amélie, je le desire; il a des torts sans excuse: cependant, pour le portrait, on le calomnie.

**AMÉLIE.**

Quoi! Madame, quoi! vous pensez?.....Ah! je ne suis que trop portée à vous croire.....Ah! oui, vous avez raison: elle aura voulu me surprendre un aveu de mes sentimens; elle ne me l'a point arraché. Sans doute, j'étois injuste : ( *En difant* *ces mots elle cherche à lire dans les yeux de la* *Baronne.* ) que je voudrois en être fûre !.....Je pourrois le regretter......Regretter! qui! l'époux de Madame de Florval! il eft capable de tout! Madame, elle ne peut être inftruite que par lui : concevez-vous qu'il m'expofe à l'indifcrétion, à la méchanceté d'une femme qui fe plaît à déchirer un cœur! ( Comment peut-on avoir tant de cruauté? ) d'une femme qui vient de dégrader fon amant à mes yeux. Ah Dieu! eft-ce ainfi qu'on aime? moi, à qui fa perte a penfé coûter la vie ; je préférois fa gloire même à fon amour ; & la conduite de d'Elfort & fon choix vont me le faire détefter.

( *On apporte une lettre à Amélie, elle eft troublée.* )

Une lettre! de qui donc? je ne ne connois point l'écriture. Madame, je vous en prie, lifez-la : fi elle étoit de Madame de Florval, ne me dites point ce qu'elle contient.

LA BARONNE.

Eft-ce-là le courage que vous vous promettiez ?

AMÉLIE.

Hélas !

LA BARONNE.

Mais, voyons,
( *Elle ouvre la lettre & la lit ; Amélie rêve :*

G 3

*pendant cette lecture , le Marquis paroît au fond du théâtre , n'ose approcher , & n'est vu que des spectateurs. )*

Cette lettre est du Chevalier d'Orsai qui , vous ayant vue aujourd'hui pour la première fois , vous adore & vous en assure.

LE MARQUIS, ( *à ces mots qu'il entend.* )
Amélie !.....

AMÉLIE.

Est-ce un songe ? me trompai-je ?

LE MARQUIS , ( *s'approchant.* )

Je meurs s'il vous obtient.

AMÉLIE.

Dieu !

( *Elle tombe évanouie dans les bras de Madame de Vernange.* )

LE MARQUIS, ( *Il ne fait où il en est.* )
Amélie !......

( *Il veut lui donner des secours. La Baronne veut qu'il s'en aille : il reste.* )

LA BARONNE.

Voyez votre ouvrage : retirez-vous !
( *Le Marquis ne l'écoute pas.* )

AMÉLIE ( *revenant à elle.* )

( *Elle apperçoit le Marquis; elle fe détourne.* )

Où fuis-je?

LE MARQUIS, ( *tombant à fes pieds.* )

Amélie! je vous revois!.....Ah! ma vue vous fait horreur.

AMÉLIE.

Malheureux! fuyez.

LE MARQUIS.

Je veux expirer à vos genoux.

AMÉLIE.

Levez-vous, Monfieur! retournez auprès de Madame de Florval. Je ne vous connois plus.

LE MARQUIS.

Moi!......ah Dieu!..... je n'adore que vous.

## SCÈNE V.

### LE VICOMTE, LE MARQUIS, LA BARONNE, AMÉLIE.

LE VICOMTE, ( *avec indignation.* )

LE Marquis aux pieds de ma fille!

G 4

LE MARQUIS *se levant.*

Ciel!.........me trompai-je?.........vous le père d'Amélie.

LE VICOMTE, ( *de l'air le plus impofant.* )

Vous, Monfieur! vous ici!

LE MARQUIS.

Souffrez que le plus infortuné des hommes....

LE VICOMTE.

C'en eft trop.....Oubliez-vous qui je fuis?

LE MARQUIS.

Ah! Monfieur, daignez.....daignez m'entendre.

LE VICOMTE.

Quelle audace! quel oubli de vous-même & de ce que vous me devez! votre préfence excite en moi la plus jufte indignation, & mon afpect feul devroit fuffire pour vous confondre. Venez, Amélie! fuyez un perfécuteur; viens, ma fille, réfugie-toi dans le fein d'un père. ( *Amélie fe jette dans les bras de fon père; il l'emmène: la Baronne fort avec eux. Le Marquis refte immobile.* )

## SCÈNE VI.

### LE MARQUIS.

( *Il regarde l'endroit où il a vu Amélie ; il est quelque temps sans parler.* )

Elle est disparue !......quel abandon !......dans quelle sollitude je reste ! on me fuit, on m'abhorre, & je me hais davantage.....Amélie, je vous ai trop offensée, je ne vous reverrai plus. Oui, vous devez punir mon détestable aveuglement : à quels maux il me livre ! mon sort ne peut plus être qu'horrible. Quoi ! mes remords, mes tourmens ! quoi ! le repentir & l'amour le plus vrai n'obtiendront rien ?.... tout m'est devenu contraire : M. d'Arbelle ne voit plus en moi que l'ennemi de sa fille !.....le sien ! sa fille !...quel étonnant mystère ? Je vais tomber à ses pieds ; & si mon désespoir ne peut le fléchir, son excès deviendra ma ressource ; il terminera des jours qui ne pourroient plus être qu'infortunés.

( *Il sort.* )

*Fin du quatrième Acte.*

# ACTE V.

## SCÈNE PREMIÈRE.

### LAURETTE, AMÉLIE.

(*Amélie arrive la première en rêvant ; un moment après Laurette accourt.*)

#### LAURETTE.

MADEMOISELLE, fauvez-vous.....Elle vous cherche, elle eft furieufe. Pardonnez fi j'ofe vous interrompre : j'ai mille chofes à vous dire : vous êtes la fille de M. d'Arbelle, je viens de l'apprendre ; je vous en félicite pour lui, pour vous, pour moi. Ce n'eft pas encore tout.

#### AMÉLIE.

Eh! mon Dieu! qu'eft-ce donc?

#### LAURETTE.

Je fuis d'une joie.....je veille à vos intérêts plus que vous ne penfez.......Ecoutez-moi, Mademoifelle, Madame de Florval, en vous quittant, a paffé chez M. le Vicomte: elle n'a pu le voir; elle a fçu qu'il étoit enfermé avec Madame de Vernange & M. d'Elfort.

## AMÉLIE, ( *avec trouble.* )

Que dit-elle! mon père, Madame de Vernange, M. d'Elfort avec eux! vous vous trompez , Laurette, il n'eft pas poffible.....

## LAURETTE.

Rien n'eft plus vrai.

## AMÉLIE.

Quoi! M. d'Elfort! quoi! mon père! il fe pourroit.....Laurette, encore une fois, on vous en a impofé.

## LAURETTE.

Je vous affure que non, & cette nouvelle a mis Madame de Florval dans une colère.....Si je n'étois pas prudente, je parlerois. Tenez, je parie que vous venez de pleurer encore; je le vois à vos yeux......C'eft elle qui en eft caufe......C'eft une terrible femme.

## AMÉLIE.

Vous devez la ménager. ( *à part.* ) M. d'Elfort chez mon père!.....Quel feroit fon efpoir lorfqu'il eft engagé à une autre?

### LAURETTE.

Je veux me féparer d'elle dès aujourd'hui. Que je ferois heureufe d'être à vous! je ne vous quitterois pas, moi......Mais, Mademoifelle, que ne m'eft-il permis d'entrer en explication!

### AMÉLIE.

Je ne veux rien favoir de ce qui concerne Madame de Florval ni ceux qu'elle connoît. Cependant, ma chère Laurette, je reconnoîtrai votre affection pour moi.

### LAURETTE.

Eh! mon Dieu! j'entends ma maîtreffe. Vous n'avez pas voulu vous en aller.....C'eft elle-même.

### AMÉLIE.

Il faudra la recevoir : le courage m'eft devenu néceffaire.

## SCÈNE II.

### LES PRÉCÉDENTES, Mad. DE FLORVAL.

#### Mad. DE FLORVAL, ( à *Laurette* )

QUE faites-vous ici? je vous donne votre congé.

LAURETTE.

Madame, je vous remercie. ( *Elle fort.* )

## SCÈNE III.

Madame DE FLORVAL, AMÉLIE.

Madame DE FLORVAL.

JE vous cherchois, Mademoifelle : cet entretien eft important. J'époufe M. d'Elfort ; votre défef-poir ne pourra l'empêcher, nous plaindrons votre foibleffe : mais je fais mieux que vous, croyez-moi, garder un cœur : renoncez de bonne grace à vos prétentions fur le fien ; vous aimez un peu trop pour être aimée, vos charmes ni vos beaux fenti-mens ne l'emporteront point. J'ai cru vous devoir cet avis plein de franchife, & qui, rappellant votre raifon, me femble fait pour vous guérir d'un efpoir très-inutile.

AMÈLIE.

Quoique je ne duffe point m'attendre, Madame, à recévoir des confeils de vous ; quoique votre franchife foit très-dure, vous ne m'étonnez point, vous ne m'apprenez rien. J'avois lu dans votre ame ; un fentiment vrai honore à tous les yeux,

excepté aux vôtres, voilà ma réponfe. Sachez plus :
en fuppofant, qu'indifférente à l'homme dont vous
me parlez, j'euffe le malheur de l'aimer encore,
une rivale généreufe auroit pour moi des égards,
je veux bien ne vous parler que de vos avantages ;
fûre de votre empire, c'étoit à vous de refpecter
ce que vous appellez ma foibleffe ; quand vous y
infultez, c'eft vous que je plains. Au comble de
l'infortune on peut donc être enviée ; mais fi vous
vouliez l'être pour moi, il faloit me montrer des
vertus.

Madame DE FLORVAL.

Tout cela eft romanefque autant que votre conf-
tance. Où eft donc l'homme qui mérite tant de
regrets ? En vérité les vôtres font d'une exagé-
ration !.....

AMÉLIE.

Eh ! d'où favez-vous, Madame, fi j'en ai ?
Vous ai-je dit, fi c'eft M. d'Elfort ou moi que je
plains ? Vous ai-je ouvert mon ame ? Vous eft-il
permis de l'interroger ?

Madame DE FLORVAL.

Il me l'eft au moins de trouver étrange que vous
foyez toujours occupée du Marquis, lorfqu'il n'adore
que moi.

AMÉLIE.

Vous êtes confiante, Madame.

Madame DE FLORVAL.

Oui, Mademoiselle, & j'ai droit de l'être. Ce n'eſt pas ma faute ſi je ſuis aimée; j'ai fait l'impoſſible pour ramener d'Elfort à vous.

AMÉLIE.

Vous ne parviendrez point à me faire ſortir de mon caractère. Il n'eſt ni au pouvoir des circonſtances, ni au vôtre de l'aigrir. Epouſez M. d'Elfort, qu'il ſoit heureux, qu'aucun ſouvenir ne vienne troubler ſon bonheur. Lorſqu'il n'eſt plus digne de moi, en être oubliée eſt tout ce que je veux.

Madame DE FLORVAL.

Lorſqu'il n'eſt plus digne de vous me paroît un peu fort. Sachez qu'il eſt des chaînes que l'on peut ſe faire gloire de porter. J'en connois d'autres qui ne doivent pas être légères. Les ſoupçons, la jalouſie, les inquiétudes ſont au moins très-incommodes. Le pauvre Marquis ne m'a rien caché; il craignoit d'être malheureux, & c'étoit moi, pour qu'il ne le fût point, c'étoit par intérêt pour lui que je ſouffrois ſon amour.

AMÉLIE.

Mon Dieu, Madame, que vous avez un bon naturel !

---

## SCÈNE IV.

LES PRÉCÉDENTES, LE CHEVALIER.

LE CHEVALIER, ( à Mad. de Florval. )

DAIGNEZ me préſenter. ( *Elles ſe tournent avec ſurpriſe.* ) Voilà, par exemple, ce qui s'appelle un tête-à-tête intéreſſant. Je ne viens point le déranger : je paſſois chez le Vicomte. ( *en s'approchant de toutes deux.* ) Qu'elle eſt belle !

Madame DE FLORVAL.

Où prenez-vous cela ? Je ſuis aujourd'hui d'un changement affreux.

LE CHEVALIER.

Vous méritez, Madame, beaucoup d'éloges aſſurément : mais ce n'étoit point de vous, c'étoit de Mademoiſelle que je parlois. ( *Amélie baiſſe les yeux, il la regarde.* ) Daignez lever ces yeux charmans, qui vous font tant d'ennemies, Madame
de

de Florval n'eſt point de ce nombre: ſupérieure à ſon ſexe, elle vous aime, elle vous loue, & c'eſt encore une de ſes perfections.

### AMÉLIE.

Je vous aſſure, Monſieur, que vos louanges embarraſſent beaucoup Madame & moi.

### LE CHEVALIER, (*bas à Amélie.*)

J'adorerai donc tant de charmes en ſilence. (*haut.*) Il me ſemble que notre converſation pourroit être plus animée. Mademoiſelle de Terville rêve, Madame de Florval n'a pas ſa gaieté brillante, on voit bien que le Marquis eſt abſent. (*Amélie frémit à ce mot.*)

### Madame de FLORVAL.

Ce qu'on voit mieux, c'eſt que vous êtes très-piqué. Chevalier, tranquilliſez - vous donc. (*Elle s'éloigne un peu d'Amélie, de manière à n'être pas entendue d'elle.* On vous aura dit que j'épouſois le Marquis d'Elfort, & en effet il ne tient qu'à moi. Cependant je veux bien vous aſſurer......

### LE CHEVALIER, (*très-haut.*)

Hélas! Madame, depuis que j'ai vu Mademoiſelle, je n'ai à vous offrir que ma reconnoiſſance:

H

j'avoue mon crime, ( *montrant Amélie.* ) Voilà
mon excuse: tâchez d'aimer un peu le Marquis.
Vous en êtes adorée, je lui cède ce cœur si tendre, si vrai, si constant; mais je ne renoncerai
jamais à être votre ami.

Madame DE FLORVAL , ( *au Chevalier.* )

Vous ne me serez rien.

LE CHEVALIER , ( *à part.* )

C'est encore un projet où elle échouera.

Madame DE FLORVAL ( *à Amélie.* )

Vous, Mademoiselle, défaites-vous d'une foule de
petites idées auxquelles je voudrois bien vous voir
supérieure. Quand la confiance a été trahie, je n'entends point ce que l'on espère. Il faut savoir prendre son parti, & je ne doute pas que la réflexion
ne vous y détermine. ( *à part.* ) Rien n'égale mon
dépit ; mais n'y soyons pas seule en proie : allons
faire savoir à d'Elfort que son rival est ici. Je n'ai
pas tout perdu. Je fais feindre, & peut-être puis-
je encore me venger.

( *Le Chevalier la salue profondément & ironique-*
*ment : elle ne le regarde pas & sort.* )

## SCÈNE V.

### AMÉLIE, LE CHEVALIER.

AMÉLIE, ( *avec l'air ennuyé.* )

QUOI ! Monfieur, vous n'accompagnez pas Madame de Florval ?

### LE CHEVALIER.

Ma foi, non, Mademoifelle, quand on a le bonheur d'être auprès de vous.....Je l'avouerai, j'ai eu pour elle une forte d'eftime : elle m'intéreffoit, je la croyois fort fenfible, & je ne tiens pas à cela moi : j'ai tant de bonhommie ! vous ne le croyez peut-être pas.

### AMÉLIE.

Il eft impoffible, Monfieur, de ne pas s'en appercevoir.

### LE CHEVALIER.

Je conviendrai cependant que fur cet article le Marquis d'Elfort l'emporte fur moi ; & la preuve, c'eft qu'il époufe, c'eft qu'il aime éperduement Madame de Florval. Tel que vous me voyez, je lui en avois donné le confeil. Eh bien ! en honneur, je n'imaginois guère qu'il le fuivroit.

AMÉLIE, ( *à part.* )

Cet homme m'eft infupportable.

LE CHEVALIER.

Un tel amour, n'eft-ce pas, vous paroît fort comique ? mais, Mademoifelle, fouffrez que je vous parle de ce qui m'occupe uniquement. Je viens d'être affez maltraité par Madame de Florval, & je ne penfe pas que vous ayez pu vous tromper au motif de fon humeur contre moi.

AMÉLIE, ( *féchement.* )

Je ne cherche point, Monfieur, à le pénétrer.

LE CHEVALIER.

Comment ! le pénétrer !.....mais vous devez en être bien fûre. Tout, Mademoifelle, vous dit que je vous aime. Que n'ai-je d'autres facrifices à vous faire ! ils ne coûteroient rien à mon cœur. Encore une fois, je vous aime avec idolâtrie, & pour obtenir votre main.....

AMÉLIE.

C'eft trop vous retenir loin de Madame de Florval & de celui.....Je defire, Monfieur, d'être feule.

LE CHEVALIER, (à part.)

Cette rigueur eſt d'un bon augure. (haut.) Je
reſpecte vos moindres volontés, & je vais, Mademoiſelle, ne rien négliger pour me rendre le Vicomte favorable : j'eſpère que, ſous ſes auſpices,
vous daignerez agréer mes hommages ou plûtôt mes
ſentimens. (Il ſort.)

## SCÈNE VI.

### AMÉLIE ſeule.

E⊤ je pourrois encore le regretter, lui!.....lui!
l'époux d'une femme altière, vaine, impitoyable;
lui que ſon choix abaiſſe à tous les yeux & juſques
dans l'opinion de l'homme haïſſable qui le con-
ſeille !.....lui, indigne même de ma compaſſion....
Quoi! il auroit eu l'audace de ſe montrer chez mon
père !.....Eh! n'a-t-il pas oſé paroître dèvant moi?
N'a-t-il pas oſé feindre un déſeſpoir & des remords
barbares ? Oui, barbares, puiſqu'ils ſeroient inu-
tiles, devinſſent-ils ſincères !...... Il eſt..... il eſt le
malheur de ma vie.....Mais c'en eſt fait, & j'abjure
pour toujours juſqu'à ſon ſouvenir.

H 3

## SCÈNE VII.

### AMÉLIE, LE MARQUIS.

( *Amélie reste interdite, le Marquis est tremblant.*
*Elle veut s'en aller, il fait quelques pas vers*
*elle.*

LE MARQUIS.

Mademoiselle.....

AMÉLIE.

Que vois-je !

LE MARQUIS.

Qu'ordonnez-vous ?

AMÉLIE.

Moi ! je veux..... ( *Elle s'éloigne.* )

LE MARQUIS.

Vous voulez me fuir ! quoi ! vous seriez assez
cruelle.....Que dis-je ? je ne me plains pas de vous,
je n'accuse que moi. Hélas ! plus coupable à mes
yeux que je ne le suis peut-être aux vôtres, accablé,
déchiré, puni par mes remords, ce n'est point ma

grace, c'est mon arrêt que je viens recevoir à vos pieds.

### AMÉLIE.

Je n'ai rien à vous dire.

### LE MARQUIS.

Je ne me connois plus. Seroit-il possible qu'un autre.....Où m'emporte mes craintes ! ayez pitié de mon trouble ......daignez m'écouter.......Si vous saviez.....Mademoiselle, je suis, oui, je suis, plus que vous ne croyez, digne encore de vous obtenir.

### AMÉLIE.

Quels sont vos droits, Monsieur ? Ceux de l'infidélité, du parjure, de la trahison, & j'en serois le prix !

### LE MARQUIS.

Quels sont mes droits ?......les regrets affreux qui m'ont poursuivi, l'amour que je sens toujours pour vous ; cet amour, plus violent que jamais, qui ne fut point éteint, qui peut-être ne fera plus que mon supplice, que vous dédaignez, qui s'augmente encore par ma douleur ; c'est lui que j'atteste, Amélie, je vous le jure par lui. Lorsqu'une autre trompoit mon imagination, vous seule possédiez mon cœur. Oui, lorsque je fus le plus coupable

H 4

des hommes, lorfque j'étois le plus malheureux, dans le temps où j'étois entraîné, dans le temps où je vous offençois, jamais je n'ai mieux fenti que je ne pouvois adorer que vous : Amélie ! ma chère Amélie ! feriez-vous impitoyable ? Suis-je devenu l'objet de votre haine ? Eft-ce là le prix du retour le plus vrai, de mes larmes, de mon défefpoir, & fur-tout de mon repentir !

AMÉLIE, ( *après un moment de filence.* )

Vivez heureux, fi l'on peut l'être après tant de perfidies : oubliez les vôtres, oubliez jufqu'à mon nom, évitez ma préfence, & fur-tout épargnez-moi le tourment de la vôtre.

LE MARQUIS.

Vous oublier ! m'éloigner de vous ! ah Ciel !..... Cet ordre cruel me confirme trop ce que votre filence m'avoit fait craindre. Comment ne feriez-vous pas indifférente à ma douleur ? vous le futes à ma perte ; je ne vous parus pas digne d'un feul reproche. Avouez-le, Mademoifelle, vous ne m'honoriez pas même d'un regret.

AMÉLIE.

Pour la dernière fois féparons-nous.

LE MARQUIS.

Pour la dernière fois ! je ne vous obéirez point.
Rien ne vous fléchit. ( *Amélie se laisse tomber sur
un fauteuil.* ) Eh bien ! sachez......( Mais c'étoit à
vous uniquement que je voulois devoir ma grace,
c'étoit dans votre cœur que j'espérois la trouver ; )
sachez que votre père.....que votre père lui-même,
touché de mon désespoir, moins inflexible que vous,
veut bien s'intéresser à moi.

AMÉLIE.

Lui, Monsieur ! lui qui vous a interdit jusqu'à
sa présence !

LE MARQUIS.

Je viens de me jeter à ses pieds : il n'a point
dédaigné mes pleurs, il n'a point rejeté mon repentir. Le retour d'une ame honnête a eu des
droits sur la sienne, il a vu l'excès de mon amour
& n'en a point douté : je l'ai attendri, je l'ai dé-
sarmé, & vous seule, vous seule.....

AMÉLIE.

Quoi ! mon père !.....

LE MARQUIS.

Voyez-en la preuve.....Ce trésor que je regrettois, qui m'eft rendu, que je poſsède, que je garderai jufqu'à mon dernier foupir. Voyez ce portrait, ce portrait adoré que Madame de Vernange elle-même n'a pu refufer à ma douleur, à mes follicitations, à mes larmes.

### AMÉLIE.

Mon portrait! ah grand Dieu! Monfieur!..... elle vous l'a donné! comment l'a-t-elle eu! & vous-même.

### LE MARQUIS.

Elle m'en a trouvé digne, & je le fuis; le poſsédant même fans votre aveu, il étoit mon bonheur. Objet facré, objet éternel de mon amour, puiffe-t-il en devenir la récompenfe! fans ceffe mes yeux le contemploient. Hé! que dis-je! les traits charmans qu'il rappelle ne fortirent jamais de mon cœur. Quand je déteftois mon inconftance, il étoit ma confolation. Et j'ai pu me croire infidelle! Que n'avez-vous pu voir le prix ineftimable que j'y attachois, par le chagrin profond que je fentis en m'en voyant privé! mais non, vous ne croyez à rien, vous ne pardonnez rien, vous ne m'aimâtes jamais.

### AMÉLIE.

Je ne l'aimai jamais!

## LE MARQUIS.

Que dites-vous ! eh bien !.......parlez. Dieux !
ferois-je injufte ! m'aimeriez-vous encore ?

## AMÉLIE.

Moi ! vous aimer ! après que vous m'avez réduite
à ne pouvoir fupporter mon exiftence , ni vous-
même ! moi, d'Elfort, je vous aimerois encore ?
J'aimerois l'époux de Madame de Florval , celui
qui m'a livrée à fes outrages, celui qui a pu m'abandonner pour elle ! après avoir porté à fes pieds ma
douleur : après tant d'ingratitude & de cruauté ;
vous dont le nom me fait frémir autant que le fien !
qu'attendez-vous d'un retour qui ne peut vous rendre ma confiance ni mon eftime ? De tous mes
chagrins c'eft le plus fenfible. Dieu ! fi je l'aimois !
prête à mourir de l'avoir perdu , expirante , malheureufe par lui feul, fa victime enfin, tous mes
vœux étoient pour lui, & mon dernier foupir y
eût été. Quel déchirement affreux ! quel état ! ma
confiance trompée , mon repos détruit , & la honte
de votre choix & le défefpoir du mien ! voilà,
voilà quels furent mes tourmens.....Que de larmes
vous m'avez fait verfer ! j'ai vu couler celles d'un
père , j'en étois la caufe , c'étoit encore votre ouvrage. Vous m'avez ôté jufqu'à l'efpoir d'être

jamais heureuſe : il n'y a point de jours où je ne
pleure celui où je vous ai connu , & je pourrois
vous aimer ! ( *ſes larmes la ſuffoquent : le Marquis
tombe à ſes pieds.* )

---

# SCÈNE VIII.

## LES PRÉCÉDENS , LE VICOMTE, Madame DE VERNANGE.

AMÉLIE, ( *apperçant ſon père.* )

J'APPERÇOIS mon père , levez-vous.

LE VICOMTE, ( *l'en empéchant.* )

Non , ma fille , il a mon aveu.

Madame DE VERNANGE.

Et je n'ai pu lui refuſer le mien.

AMÉLIE.

Qu'entends-je !

LE MARQUIS.

Eh bien ! Mademoiſelle , vous avois-je trompée ?

AMÉLIE ( *au Vicomte.* )

Mon père !.....

### LE VICOMTE.

Parle, explique-toi.

### AMÉLIE.

Vous m'avez permis de n'être à personne.

### LE MARQUIS, ( *hors de lui.* )

Mon protecteur !.....mon père !......où suis-je......
Amélie, lifez dans mon ame, elle eft déchirée :
j'embraffe vos genoux, je ne les abandonnerai
point ; je voudrois y mourir.

### AMÉLIE ( *avec trouble.* )

Que faites-vous, Monfieur ? Ah ! quand je ne
peux plus être à vous, laiffez-moi douter de votre
repentir, laiffez-moi vous oublier. Vous avez promis à Madame de Florval, il faut.....

### LE MARQUIS.

Vous eutes mes premiers fermens, je n'en connois point d'autres.

### LE VICOMTE, ( *à fa fille qui le regarde avec*
*attendriffement.* )

Écoute, mon Amélie, crois-tu que je vouluffe
hafarder, fans l'examen le plus réfléchi, le bonheur de tes jours & la tranquillité des miens ? J'ai

tout éclairci, à force d'artifices, d'intrigues & de fauſſeté, on étoit parvenu à le ſéduire ; il eſt détrompé, ſon ame fut toujours à toi. C'eſt moi qui l'accablois ; c'eſt moi qui prends ſa défenſe, je demande ſa grace, il la mérite : voudras-tu nous la refuſer à tous deux ?

### AMÉLIE.

Cet ordre ſacré.....d'Elfort.....mon père, c'eſt vous qui décidez mes ſentimens ; c'eſt vous qui commandez ;..... mais c'eſt Amélie qui pardonne.

### LE MARQUIS, ( *tombant à ſes pieds.* )

Amélie ! ah Dieu ! ma joie.....mon ivreſſe..... mon cœur n'y peut ſuffire. ( *Il ſe relève, embraſſe le Vicomte & revient baiſer les mains d'Amélie.*

### LE VICOMTE, ( *à Madame de Vernange.* )

Ma ſœur, je vous préſente un fils.

( *Le Marquis baiſe la main à Madame de Vernange.* )

## SCÈNE IX & dernière.

### LES PRÉCÉDENS, LE CHEVALIER.

#### LE CHEVALIER.

CE que j'entends ne m'est pas avantageux, & ne me confirme que trop la nouvelle qu'on vient de m'apprendre ; mais il est convenable que la tendre Madame de Florval en soit informée à son tour. Elle nous aimoit beaucoup, à ce qu'il me semble. Je suis curieux de voir comment elle prendra l'infidélité que nous lui faisons tous deux.

#### AMÉLIE.

Quoi ! Monsieur, vous pourriez !...

#### LE MARQUIS.

Adorable Amélie !

#### LE CHEVALIER.

Mademoiselle, je vous admire ! pour moi, je ne suis pas si généreux ; mais, en récompense, je suis juste, il faut la punir.

#### LE VICOMTE.

De deux êtres intéressans, elle égaroit l'un &

vouloit opprimer l'autre ; ils font heureux , n'eft-elle pas affez punie ? Puiffe-t-elle être du moins corrigée par le tableau de leur bonheur !

LE CHEVALIER, (*faifant de profondes révérences.*)

Elle n'eft pas fujette au repentir ; mais peu m'importe. Je n'ai befoin que de fon dépit , & je vais m'en amufer. ( *Il fort.* )

### LE MARQUIS.

Non , ma divine Amélie : de vaines alarmes d'inconftance ne déchireront plus le cœur qui ne ceffa jamais de vous appartenir. Ah ! je le fens : il n'eft d'empire durable que celui de la beauté vertueufe & fenfible. Amour ! tu triomphes ! ma coupable erreur eft diffipée : j'échappe à l'impofture : j'obtiens ce que j'aime : un lien adoré va nous unir. Quel beau jour pour moi !

*Fin du cinquième & dernier acte.*

www.ingramcontent.com/pod-product-compliance
Lightning Source LLC
Chambersburg PA
CBHW070818250626
47170CB00006B/2144